Detektiv O. in geheimer Mission

© Thomas Dashuber

Henriette Wich wurde 1970 in Landshut geboren und war schon als Kind eine Leseratte. Nach ihrem Studium der Germanistik und Philosophie in Regensburg arbeitete sie sechs Jahre als Lektorin in einem Kinderbuchverlag. Seit Sommer 2000 ist Henriette Wich freie Autorin für Kinder und Jugendliche. Sie lebt mit ihrer Familie in München.

Henriette Wich

Detektiv O. in geheimer Mission

Mit Illustrationen von Stefanie Jeschke

CARLSEN

Außerdem von Henriette Wich
im Carlsen Verlag lieferbar:
Das magische Nixenarmband, Band 2–4
Das total verrückte Oster-Abenteuer
Ein Winter, 1000 Küsse
Hin und weg von dir
Sieben Chancen für die Liebe
S.O.S. – Weihnachtsmann in Not

MIX
Papier aus verantwortungsvollen Quellen
FSC® C014496
FSC
www.fsc.org

Originalausgabe
Veröffentlicht im Carlsen Verlag
November 2014

Lektorat: Brigitte Kälble
Umschlag- und Innenillustrationen: Stefanie Jeschke
Umschlaggestaltung: formlabor
Corporate Design Taschenbuch: bell étage
Gesetzt aus der Caslon von Dörlemann Satz, Lemförde
Druck und Bindung: GGP Media GmbH, Pößneck
ISBN 978-3-551-31303-4
Printed in Germany

Inhalt

Echte Helden

»Ich rette euch!!!«
Superman sprang vom Hochhaus. Mit Lichtgeschwindigkeit schoss er auf das abstürzende Flugzeug zu. Der Pilot hatte die Kontrolle verloren, die Maschine raste dem Boden entgegen! Kurz bevor sie mit der Spitze den Beton durchbohrte, griff Superman mit beiden Händen unter die Tragflächen und lenkte sie wieder nach oben. Dann flog er mit seiner kostbaren Fracht weiter zum Fußballstadion. Vorsichtig setzte er das Flugzeug auf dem Rasen ab.
Die ersten Passagiere kletterten heraus. Superman stand vor dem roten Ball der untergehenden Sonne. Alle starrten ihn voller Bewunderung an und klatschten.
»Bravo, Superman!«
»Nicht doch, nicht doch …« Superman klopfte sich bescheiden gegen die Brust. »Das hab ich gern gemacht.«
Aber der Jubel wollte einfach nicht aufhören. Superman verbeugte sich. Sein roter Umgang flatterte im Wind. Superman war noch nie so glücklich gewesen. Er lachte.

Plötzlich kam Papa ins Wohnzimmer. »Orpheus! Du darfst nicht so laut sein beim Spielen, das weißt du doch.«
»Ich bin Superman«, sagte Orpheus, während er den Passagieren zuwinkte.
Papa lockerte seine schwarze Krawatte, die er zum weißen Hemd und dunklen Anzug trug. Auf seiner Stirn erschien eine Sorgenfalte. »Egal wer du bist, du musst einfach leiser sein. Wie oft haben Mama und ich schon mit dir darüber gesprochen? Du erschreckst unsere armen Kunden.«
»Und wie soll ich das bitte machen?«, fragte Orpheus. »Als Superman kann ich die Welt nun mal nicht leise retten.«
Papa versuchte einen strengen Blick aufzusetzen. Er war mal Lehrer gewesen, hatte den Beruf aber aufgegeben. »Dann musst du dir eben ein anderes Spiel ausdenken. Am besten ein ernstes Spiel, bei dem lautes Lachen verboten ist.«
»Nein!«, sagte Orpheus.
»Doch!«, sagte Papa. Er sah Orpheus noch einmal scharf an und ging. Kurz vor der Tür trat er auf eine Diele des alten Eichenfußbodens, die immer besonders knarrte.
Orpheus schüttelte vorwurfsvoll den Kopf. »Psst, nicht so laut!«
Jetzt musste Papa grinsen. »Du bist echt unmöglich. Ich liebe dich, aber unsere Vereinbarung gilt nach wie vor,

hörst du?« Damit verschwand er endgültig aus dem Wohnzimmer.
Orpheus sah ihm nicht nach. Er hätte zwar etwas gehört, doch das waren nicht Papas Worte gewesen, sondern ein ohrenbetäubendes …
»WOOOM!«
Supermans Gegenspieler, ein fieser Verbrecher, packte gerade das Flugzeug. Er ließ es wieder abheben, obwohl noch nicht alle Passagiere ausgestiegen waren. Superman hatte eine Sekunde nicht aufgepasst, jetzt konnte er nichts mehr dagegen tun. Als der Fiesling mit der Maschine das offene Meer erreicht hatte, ließ er sie ein zweites Mal abstürzen. Im stillen Countdown sank sie tiefer und tiefer und tauchte schließlich ins Wasser ein.
Verzweifelt sah Superman zu, wie die Wellen über dem Flugzeug zusammenschlugen. Weiße Gischt schäumte über der Absturzstelle, dann beruhigte sich das Meer. Zehn unschuldige Menschen hatten sterben müssen, und wer war schuld an dieser furchtbaren Katastrophe? Papa!
Langsam zog Orpheus seinen Superman-Umhang aus und warf ihn auf die blaue Sofadecke, in der die Maschine versunken war. Dort lag er wie die nutzlose Hülle einer Raupe, die sich gerade in einen Schmetterling verwandelt hatte.
Orpheus ging in sein Zimmer hinüber und schloss die Tür zweimal hinter sich ab. Er wollte allein sein.

Im Schneidersitz ließ er sich auf den grün karierten Fransenteppich vor seinem Kleiderschrank nieder. Die Spiegeltüren zeigten ihm einen traurigen neunjährigen Jungen. Seine dunklen Augen und die schwarzen Haare hatte er von Papa geerbt, das schmale Gesicht und dass er schnell braun wurde, von Mama. Eigentlich keine schlechte Mischung. Wenn er nur nicht so dünn und der Zweitkleinste in seiner Schulklasse gewesen wäre. Außerdem sah er viel zu lieb und brav aus.

Orpheus machte einen verkniffenen Mund und zog finster die Augenbrauen zusammen. »Ich bin cool und gefährlich!«

Sein Spiegelbild war nicht überzeugt davon.

Orpheus streckte ihm die Zunge heraus. »Na, warte! Dir werde ich's schon noch zeigen. Ich lasse mir die Haare wachsen und mache mir einen Pferdeschwanz, wie Captain Jack Sparrow in *Fluch der Karibik*. Dann bin ich wirklich cool und gefährlich.«

Doch bis es so weit war, hatte Orpheus ein Problem. Es fing mit seinem Namen an und hörte mit dem Beruf seiner Eltern auf. Mama und Papa hatten ihr einziges Kind nämlich Orpheus genannt. Eine super Idee!

Orpheus war ein merkwürdiger Typ aus der griechischen Sagenwelt, der sich freiwillig in der düsteren Unterwelt herumtrieb, dort, wo die Toten lebten. Seine Frau Eurydike war nämlich gestorben und er wollte sie unbedingt wiedersehen. Deshalb spielte er so lange kitschige Lieder auf seiner Leier, bis die Geister der Unterwelt endlich Mitleid mit ihm hatten und ihn zu seiner Frau führten. Er wollte sie retten und nahm sie mit, aber irgendetwas ging auf der Rückreise schief. So war das oft bei diesen griechischen Sagen. Die Geschichten gingen meistens nicht gut aus.

Mama und Papa trieben sich auch in der Unterwelt herum. Sie taten es völlig freiwillig, und zwar in ihrem Beerdigungsinstitut ein Stockwerk tiefer, im Erdgeschoss. Da kamen die Leute hin, wenn jemand aus ihrer Familie gestorben war, und bestellten einen Sarg oder eine Urne für die Beerdigung. Die meisten dieser Leute weinten die ganze Zeit, aber dass Orpheus deshalb nicht laut spielen und lachen durfte, war einfach ungerecht. Davon wurden die Toten auch nicht wieder lebendig.

Orpheus boxte mit seinen Fäusten in die Luft. »Mann, Mann! Ich will ein Held sein. Wenn schon nicht Superman, dann eben ein anderer Held.«

Plötzlich fiel ihm etwas ein. Er sprang auf und holte seinen Notizblock und einen Kugelschreiber vom Schreibtisch. Dann setzte er sich wieder auf den Teppich und machte eine Liste.

ECHTE HELDEN

Achtung! Sind nur echt, wenn sie: mutig durchs Leben marschieren, die Welt retten, große Taten vollbringen

1. ~~Superman~~
2. Feuerwehrmänner
   Sind leider SEHR laut: Feueralarm in der Wache, viele Sirenen auf einmal beim Löschzug.
3. Mama, die mutige Jägerin von großen Spinnen und Käfern in unserer Wohnung
   Kommt nicht in Frage, weil ich kein Mädchen bin!

4. Polizisten

Richtig coole Polizisten brausen im Streifenwagen durch die Straßen. Das Blaulicht ist kein Problem, aber die Sirene natürlich schon. Siehe oben.

5. Detektive

Suchen nach Spuren und Beweisen, beschatten Verdächtige und schleichen manchmal so unauffällig herum, dass man sie glatt für unsichtbar halten könnte. Volltreffer! Detektive sind die leisesten Helden der Welt!

Orpheus klemmte sich den Kugelschreiber hinters Ohr und warf einen Blick auf die Digitalanzeige seiner Armbanduhr. Dieser Moment musste festgehalten werden: Um exakt 16:37 Uhr und 24 Sekunden verwandelte sich Orpheus, Schüler der dritten Klasse, Linkshänder und Schokolinsen-Liebhaber, in den geheimnisvollen Detektiv O. (Abkürzungen klangen immer gut, und seinen vollständigen, peinlichen Namen mussten seine zukünftigen Auftraggeber ja nicht wissen.)
Ein Profidetektiv brauchte natürlich einen Detektivausweis. Orpheus schaute sich die Bücher in seinem Regal an. Irgendwo musste doch dieser Detektivratgeber stecken, den Opa ihm zu Weihnachten geschenkt hatte.
»Da bist du ja!« Orpheus zog ein schwarz glänzendes Taschenbuch heraus, das er noch kein einziges Mal aufge-

schlagen hatte. Auf der Vorderseite sah man einen Detektiv mit Lupe, der gerade einen Fußabdruck untersuchte.
Orpheus blätterte, bis er das Inhaltsverzeichnis gefunden hatte. Das erste Kapitel hieß: *Bastele dir deinen eigenen Detektivausweis*.
»Genau das werde ich machen!« Orpheus holte sich Schere, Pappkarton, ein altes Passfoto und einen schwarzen Filzstift. Das Stempelkissen klaute er sich aus Mamas Privatschreibtisch im Schlafzimmer. Jetzt hatte er alles, was er brauchte.
Eine halbe Stunde konzentrierte Arbeit reichte, dann war der Ausweis fertig. Stolz hielt Orpheus ihn in die Höhe. Der Ausweis bestand aus zwei Teilen.
Auf der Vorderseite stand:

Auf der Rückseite stand:

Orpheus steckte den Detektivausweis in die Tasche seiner Shorts, damit er ihn sofort griffbereit hatte. Man wusste ja nie, wie schnell man als Detektiv gebraucht wurde, womöglich heute noch, in der nächsten Sekunde.

Zufrieden räumte Orpheus die Bastelsachen weg, brachte das Stempelkissen ins Schlafzimmer zurück und machte es sich auf seinem Bett mit einem Comic gemütlich. Ein paar Minuten später klopfte es an seiner Zimmertür.

»Hallo! Ich bin's, Mama. Darf ich reinkommen?«

»Klar«, antwortete Orpheus.

Mama wehte ins Zimmer wie ein Sommerwind. Alles an ihr flatterte: die langen blonden Haare, der bunte Seidenschal und die weite Leinenhose. Mit leichten Schrit-

ten trat sie ans Bett und verwuschelte Orpheus' Frisur. »Bei dir war es ja so still in der letzten Stunde. Alles in Ordnung? Geht's dir gut?«
»Ja.« Orpheus drehte sich vom Bauch auf den Rücken. »Ich hab nur das gemacht, was Papa mir gesagt hat: leise sein.«
»Du warst sogar flüsterleise!« Mama lächelte. »Ich weiß, wie schwer das für dich sein muss, aber unseren Kunden geht es oft wirklich sehr schlecht. Wir helfen ihnen, hören zu und trösten sie. Das ist unser Beruf.«
Eigentlich hatte Mama Reiseführerin werden wollen. Als junge Frau war sie kreuz und quer mit dem Bus durch Indien gegondelt, nur mit einem kleinen Zelt und Rucksack. Doch dann waren ihre Eltern ganz plötzlich bei einem Autounfall gestorben und hatten ihr das Beerdigungsinstitut hinterlassen. Später hatte Mama sich in Papa verliebt und er war in die Firma mit eingestiegen.
Orpheus klappte seinen Comic zu, den er sowieso schon auswendig kannte. »Und wie steht's bei euch? Sind die Kunden alle weg?«
»Ja, endlich!«, seufzte Mama. »Heute war besonders viel los. Ich bin nicht mal dazu gekommen, zwischendurch einen Tee zu trinken, geschweige denn was zu essen.«
Orpheus richtete sich kerzengerade im Bett auf und musterte Mama. Dann sagte er ruhig: »Das stimmt nicht.«

»Wie bitte?« Mama entfernte eine schwarze Fussel von ihrem Seidenschal.
»Du hast gerade nicht die Wahrheit gesagt«, erklärte Orpheus. »Ich kann beweisen, dass du heute Schokolade gegessen hast.«
Plötzlich wurde Mama rot bis zum Haaransatz. »Iiich? Ah … ach so! Ja, stimmt. Ich hab mir einen kleinen Schokoriegel gegönnt. Aber wie kommst du eigentlich darauf? Bist du Hellseher?«
Orpheus zeigte grinsend auf Mamas rechten Mundwinkel. Dort war ein Schokoladenrest hängen geblieben, gerade groß genug, dass man ihn als Detektiv noch ohne Lupe erkennen konnte.
Verlegen entfernte Mama die verräterische Spur mit einem Papiertaschentuch. Dann stand sie auf und zog ihre Leinenhose glatt. »Es gibt gleich Abendessen. Hilfst du mir beim Tischdecken?«
Orpheus konnte schlecht Nein sagen. Schließlich hatte er erfolgreich sein erstes Rätsel gelöst und im Augenblick nichts Besseres zu tun.

Herzliches Beileid!

Für alle, die es vielleicht nicht mitbekommen oder die erste Geschichte nicht gelesen haben: Orpheus, der Held dieses Buches, ist nicht mehr einfach nur Schüler der dritten Klasse, Linkshänder und Schokolinsen-Liebhaber. Er hat sich in Detektiv O. verwandelt und ist ab sofort in geheimer Mission unterwegs. So geheim, dass es nicht mal seine Eltern mitbekommen, obwohl die sooo große Ohren haben. Passt auf, ihr Verbrecher dieser Welt: Dem scharfen Auge von Detektiv O. entgeht nichts!

Einen Tag nachdem sich Orpheus in Detektiv O. verwandelt hatte, stellte er fest, dass er noch gar nicht bereit war für seinen ersten richtigen Fall. (Das Schokoladenrätsel verbuchte er unter Fingerübungen für angehende Profidetektive.) Denn er hatte zwar einen Ausweis, aber etwas Entscheidendes fehlte ihm: ein Detektivbüro!

Orpheus machte einen Rundgang durch die Altbauwohnung und überprüfte die Lage. Sein Zimmer war nicht sicher genug für Detektivgeheimnisse. Er konnte es zwar absperren, aber Mama schaffte es auf unglaublich geschickte Art und Weise doch immer wieder, sich Zutritt zu verschaffen, während er weg war. Mal räumte sie frische Wäsche in seinen Kleiderschrank. Mal legte sie ihm Post von Oma und Opa auf den Schreibtisch. Mal wirbelte sie mit dem Staubsauger oder dem Wischmopp herum.

Die anderen Räume der Altbauwohnung – Wohnzimmer, Elternschlafzimmer, Bad und Wohnküche – kamen erst gar nicht in die engere Wahl. Hier konnte man absolut nichts geheim halten.

»Mist, Mist, Mist!«, murmelte Orpheus.

Das war ein echtes Problem. Aber zum Glück hatte er immer noch genug Superman-Blut in den Adern, dass ihn ein derart lächerliches Hindernis nicht aus der Bahn warf. Er würde eben so lange weitersuchen, bis irgendwo der richtige Ort für ein Detektivbüro vor seinen Augen hochploppte. So was passierte meistens dann, wenn man es am wenigsten erwartete.

Es war ein heißer Sommernachmittag. Orpheus schnappte sich eine Flasche Cola aus dem Kühlschrank und ging in den Innenhof hinunter.

Ein Mann, der trotz Hitze eine graue Strickjacke trug, kam von der Straße herein. Er blinzelte verwirrt hinter seinen verstaubten Brillengläsern. Orpheus beschloss, gleich eine zweite Fingerübung zu starten. Er prägte sich ganz genau ein, wie der Mann aussah, damit er im Notfall eine perfekte Personenbeschreibung abgeben konnte.

Der Mann war ungefähr so alt wie Orpheus' Papa, schlank und hatte Lachfalten rund um Augen und Mund. Seine blonden Haare standen strubbelig vom Kopf ab. Auffällig war, dass er sehr aufrecht ging, als hätte er ein unsichtbares Lineal im Rücken.

»Kann ich Ihnen helfen?«, fragte Orpheus. »Suchen Sie jemanden?«

Der Mann nickte erleichtert. »Ich bin mir nicht sicher, ob ich die richtige Adresse habe. Ist hier das Beerdigungsinstitut Schade?«

»Ja, das gehört meinen Eltern. Der Eingang ist gleich da drüben.« Orpheus zeigte auf einen kleinen Anbau neben dem Rückgebäude.

»Vielen herzlichen Dank.« Der Mann musste plötzlich husten. »Hab so eine hartnäckige Erkältung«, sagte er mit Tränen in den Augen und ging zögernd los. Der Weg fiel ihm sichtlich schwer. Als er schließlich die Tür aufmachte, blieb er unschlüssig im Eingangsbereich des Instituts stehen.

»Warten Sie!« Orpheus rannte ihm nach und zeigte ihm den Warteraum. »Hier können Sie sich ein bisschen ausruhen. Ich gebe meinen Eltern Bescheid, dass Sie da sind.«

»Danke. Ich heiße übrigens Fechner.« Der Mann musterte Orpheus aufmerksam und klopfte ihm auf die Schulter. »Du bist ein guter Junge!«

»Äh … ja?« Orpheus wusste nicht so recht, was er darauf sagen sollte. Dieser Herr Fechner war schon ein bisschen schrullig. »Guter Junge« hatte ihn noch keiner genannt, nicht mal Opa. Andererseits schien er nett zu sein. Orpheus nickte ihm lächelnd zu.

Im Eingangsbereich ging er an der Glasvitrine vorbei, die seine Eltern in regelmäßigen Abständen neu dekorierten. Zurzeit drehte sich darin alles um die Seebestattung, also wenn man die Asche eines toten Menschen ins Meer streut. Zwei Möwen aus Porzellan bewachten eine blaue Urne, auf der ein Wal abgebildet war. Im Hintergrund sah man einen Leuchtturm und einen Rettungsring.

Den Rettungsring fand Orpheus seltsam. Wofür wurde der eigentlich gebraucht? Dem Toten nützte er nichts mehr und die Angehörigen konnte er auch nicht vor der großen Heulerei retten. Immerhin machte sich das Teil gut im Fenster.

Orpheus steckte den Kopf ins Gemeinschaftsbüro seiner Eltern. »Ein Herr Fechner will zu euch. Ich glaube, der braucht *wirklich* Hilfe. Hab ihm gezeigt, wo er warten kann. Er scheint ein bisschen verwirrt zu sein.«

Papa blickte überrascht hoch. »Danke, das ist aber

lieb von dir. Wenn du so was öfter machst, stelle ich dich als unseren Assistenten ein!« Er zwinkerte Orpheus zu.

»Das geht leider nicht«, lehnte Orpheus ab. »Ich habe schon andere, sehr wichtige Aufgaben. Deshalb muss ich auch gleich wieder los. Ich werde gebraucht. Tschüss!« Er lief zurück zum Innenhof.

Hier war es angenehm kühl. In der Mitte stand ein Brunnen. Leise floss Wasser über eine schiefe Granitplatte in eine schlichte Steinschale. Sogar das Wasser nahm Rücksicht auf die Trauernden!

Orpheus setzte sich auf eine Bank am Rand, trank ein paar Schlucke von seiner Cola und sah sich um. Überall wucherten grüne Pflanzen, Sträucher und Löwenzahn. Wilder Efeu kletterte an der Hauswand des Rückgebäudes hoch. Eigentlich der perfekte Ort für ein Detektivbüro im Freien. Man brauchte sich nur einen besonders üppigen Strauch auszusuchen und dahinter ein Lager aufzuschlagen. Aber was war, wenn es regnete und sein mühsam gesammeltes Beweismaterial zu einem Fall nass wurde? Und im Winter, wenn es saukalt war und schneite?

»Mist, Mist, Mist!«, murmelte Orpheus wieder. »Das geht auch nicht.« Gierig trank er die Cola aus, setzte die Flasche ab und rülpste. Die Sache mit dem Detektivbüro war doch schwieriger, als er gedacht hatte.

Er ging ins Haus zurück und schlich die Treppe hinauf zur Wohnung. Am liebsten hätte er bei jedem Schritt ganz fest aufgestampft, aber das wäre natürlich wieder viel zu laut gewesen. Als er seufzend die Wohnungstür öffnete, rutschte ihm auch noch die leere Flasche aus der Hand. Zum Glück landete sie auf der Fußmatte. Orpheus ließ sich daneben auf den Boden sinken und klagte der Matte sein Leid: »Ich hasse es! In diesem Haus gibt es wirklich KEINEN Ort, wo man ungestört bleibt! Wie soll man da ein geheimes Hobby haben?«
Die Fußmatte schwieg höflich. Auf einem Etikett an der Seite stand, dass sie in Spanien angefertigt worden war. Das erklärte einiges. Sie verstand kein Deutsch.
Völlig frustriert legte Orpheus den Kopf auf die Matte. Aus dieser Perspektive hatte er den Vorraum zur Wohnung noch nie betrachtet. Die ausgetretenen Dielen waren ganz schön schief. Außerdem war ein Stück der Bodenleiste herausgebrochen und in der Lücke lagen schwarze Krümel. Sah ganz so aus, also ob sich ein Nagetier hier eingenistet hatte. Orpheus musste grinsen. »Vielleicht lernen wir uns ja mal kennen, Geheimagent Maus!«
Dann fiel sein Blick auf die schmale Tür gegenüber der Wohnung. Hier war vor langer Zeit das Dienstmädchen-Zimmer gewesen. Orpheus' Eltern benutzten den Raum

PRIVAT

als Abstellkammer. Deswegen hatte sich Orpheus nie dafür interessiert. Er konnte sich nicht mal erinnern, wann er das letzte Mal drin gewesen war. Schnell rollte er sich auf die Seite und sprang mit einem Satz auf die Füße. Plötzlich hatte er eine Idee, eine ziemlich coole Idee sogar.

Orpheus öffnete die Tür, knipste das Licht an und bekam einen Niesanfall. Mann, war das hier staubig! Spinnweben gab es auch jede Menge. Orpheus riss das kleine Fenster auf. Dann sah er sich um. An den Seiten gab es bis zur Decke hinauf Regale. Sie waren vollgestopft mit alten Katalogen des Beerdigungsinstituts, längst aus dem Programm genommenen Urnen und Holzmustern für Särge. Seit zwei Jahren sprachen seine Eltern davon, die Kammer zu entrümpeln, aber immer hatten sie eine andere Ausrede, warum sie es doch nicht tun konnten. Orpheus war sich ziemlich sicher, dass sie es auch in den nächsten zwei Jahren nicht in Angriff nehmen würden.

Er bahnte sich einen Weg zwischen den Kartons hindurch zu einem wackeligen alten Sekretär mit einem Rollladen und vielen kleinen Schubladen. Mama hatte das Ungetüm von ihrem Urgroßvater geerbt. Vom Sekretär aus konnte er den Raum gut überblicken.

»Darf ich vorstellen, Detektiv O.?« Orpheus breitete die Arme aus. »Dies ist Ihr neues Detektivbüro. Ich

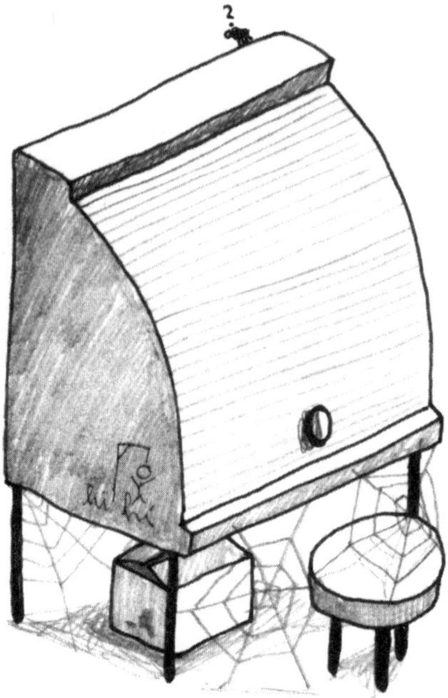

gebe zu, da muss noch einiges an Arbeit reingesteckt werden, aber der Raum hat Atmosphäre, finden Sie nicht?«

»Ja, das stimmt«, sagte Detektiv O.

Und weil er ein Mann der Tat war, legte er sofort los. Er stapelte die Kartons in eine Ecke, damit es mehr Platz gab. Dann holte er sich aus der Wohnung Schaufel und Besen, Staubtücher und einen Eimer mit Putzwasser samt Wischmopp. Anschließend wirbelte er herum, wischte Staub, entfernte die Spinnweben und putzte den unglaublich verdreckten Boden. Den Sekretär machte er be-

sonders gründlich sauber. Hier würde er seine Detektivausrüstung aufbewahren.
Zufrieden betrachtete er am Ende sein Werk. »Das sieht doch sehr gut aus!«
Nachdem Orpheus die Putzsachen aufgeräumt hatte, ließ er sich auf einen Stuhl fallen und aß eine Handvoll Schokolinsen. Die hatte er sich jetzt echt verdient. Er schaute sich um und rieb sich erwartungsvoll die Hände. Endlich konnte es losgehen. Aber dann fiel ihm auf, dass er schon wieder ein Problem hatte. Bis jetzt wusste ja noch keiner von seinem Detektivbüro. Wie sollte er an Klienten herankommen, die ihm ihre Sorgen anvertrauten?
Orpheus trommelte mit den Fingern auf die Ablage des Sekretärs. In seinem Kopf liefen die Drähte heiß. Plötzlich hatte er eine Idee.
Er musste Werbung machen!
Erst dachte Orpheus ans Internet, aber dann fiel ihm etwas viel Besseres ein. Im Beerdigungsunternehmen gingen täglich jede Menge Leute aus und ein. Und dass die richtig große Sorgen hatten, so viel war schon mal klar. Endlich konnte ihm der Beruf seiner Eltern auch mal nützlich sein!
Orpheus zog sein Notizbuch heraus und kritzelte drauflos. Bald hatte er die richtigen Worte gefunden.

Ja, das war gut! Jetzt musste er den Text nur noch ein paar Mal kopieren und als Handzettel verteilen.

Orpheus schloss die Tür zum Detektivbüro sorgfältig und lief ins Erdgeschoss. Der Kopierraum war zum Glück gerade frei. Orpheus gab 30 Exemplare in Auftrag. Der Kopierer ratterte geschäftig und spuckte einen kleinen Stapel Blätter aus.

Orpheus nahm die Handzettel und ging damit zurück in den Flur. Am besten legte er ein paar auf den Zeitschriftentisch im Wartezimmer. Vielleicht sollte er auch noch einen Zettel an die Wand im Eingangsbereich kleben? Nein, den würden seine Eltern sofort entdecken und bestimmt gleich wieder entfernen.

Nachdenklich sah Orpheus sich um. Sein Blick blieb an der Vitrine hängen. Genau! Das war ein viel besserer Ort: nicht gleich sichtbar und dennoch würde er den Trauernden auffallen.

Leise machte Orpheus die Glastür auf und schob einer der beiden Möwen einen Zettel unter die Kralle. Es sah ganz natürlich aus, als ob die Möwe das Papier gerade eben vom Strand aufgepickt hätte.

»Pass gut darauf auf, hörst du?«, sagte Orpheus zur Möwe.

Die glotzte ihn mit ihren Knopfaugen unbeteiligt an.

Orpheus wollte die Glastür gerade wieder schließen, als er plötzlich stutzte. Außer seinem Zettel hatte sich noch etwas verändert in der Vitrine. Die Seebestattungs-Deko hatte vorher irgendwie anders ausgesehen. Orpheus schaute noch einmal ganz genau hin. Und plötzlich wusste er es: Der Leuchtturm fehlte!

Hatten seine Eltern während der guten Stunde, die er in seinem Büro gewesen war, den Leuchtturm aus der Vitrine entfernt? Das konnte er sich nicht vorstellen.

Während der Arbeit machten sie das nie, höchstens am Wochenende. Und außerdem tauschten sie normalerweise immer die komplette Vitrinen-Deko gegen eine andere aus.
Detektiv O. zog die einzig logische Schlussfolgerung: Der Leuchtturm war gestohlen worden. Das bedeutete, er hatte seinen ersten Fall!
Orpheus' Herz klopfte schneller. Er musste sofort mit den Ermittlungen beginnen. Zu dumm, dass er noch kein Fingerabdruck-Set hatte! Damit hätte er jetzt Abdrücke von der Glasscheibe abnehmen und den Dieb überführen können – falls der nicht Handschuhe getragen hatte.
Orpheus ging in die Knie und suchte den Boden unter der Vitrine nach Fußabdrücken und verdächtigen Spuren ab. Fußabdrücke gab es keine, aber dafür ein zerknittertes Bonbonpapier. Orpheus hob es auf und strich es glatt. *Salbei ohne Zucker*, stand darauf.
»Igitt!« Orpheus schüttelte sich. Das schmeckte bestimmt schrecklich.
Er steckte das Bonbonpapier ein und ging ins Wartezimmer.

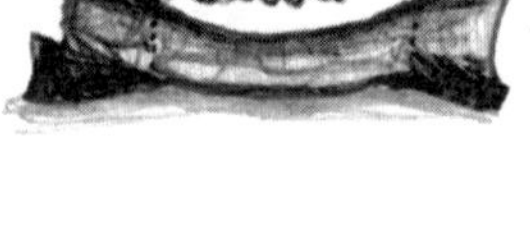

Zwei Frauen saßen darin, die sich sehr ähnlich sahen und vermutlich Schwestern waren. Die beiden hielten sich an den Händen und hatten stark gerötete Augen.
»Entschuldigung«, sagte Orpheus. »Ich bin der Sohn von Herrn und Frau Schade. Haben Sie vielleicht vorhin ein Salbeibonbon gegessen und das Papier aus Versehen im Flur fallen lassen?«
Die ältere der Frauen murmelte so leise »Nein«, dass man es kaum hören konnte. Die jüngere schüttelte nur traurig den Kopf.
Orpheus ließ sich seine Enttäuschung nicht anmerken. »Ich will Sie nicht weiter stören. Nur noch eine Frage: Haben Sie draußen im Eingang bei der Vitrine jemanden gesehen, der irgendwie merkwürdig aussah oder sich verdächtig benommen hat? Der vielleicht eine Pistole dabeihatte, einen Superman-Umhang trug oder eine schwarze Bankräubermütze über den Kopf gezogen hatte?«
Die ältere Frau hob entsetzt die Hand an die Wange. »Ein Mann mit Pistole? Aber Karl ist an einem Schlaganfall gestorben, er wurde nicht umgebracht!«
»Natürlich nicht«, versicherte Orpheus, obwohl er keine Ahnung hatte, wer Karl war und wie er gestorben war. »Ich wollte Sie nicht erschrecken. Mein herzliches Beileid!«
»Danke«, sagte die jüngere Frau. »Aber warte mal kurz!

Karl ist doch hier sicher aufgehoben? Er liegt schon noch in seinem Sarg, so wie wir uns vorhin von ihm verabschiedet haben?«

Orpheus bekam Schweißperlen auf der Stirn. »Ganz bestimmt. Meine Eltern sind da sehr zuverlässig.« Hastig zog er sich zurück, bevor er noch mehr unangenehme Fragen beantworten musste.

Mann, Mann! Das war ja voll danebengegangen. In Zukunft sollte er bei seinen Zeugenbefragungen diplomatischer vorgehen. Leute, die trauerten, waren ziemlich empfindlich.

Eigentlich hätte Orpheus als Nächstes seine Eltern verhören müssen, aber darauf hatte er keine Lust. Sein neues Hobby sollte schließlich ein Geheimnis bleiben. Orpheus trat von einem Fuß auf den anderen und starrte auf seine Schuhspitzen, die ihm leider auch keine Antwort geben konnten.

Da ging die Tür zur Toilette auf und Herr Fechner kam heraus.

Orpheus wunderte sich ein bisschen, dass er immer noch hier war. »Hallo, geht es Ihnen besser? Konnten meine Eltern Ihnen helfen?«

»Ja, ja ...« Der Mann wirkte zerstreut. »Sie waren sehr nett zu mir, sehr nett, haben sich richtig viel Zeit genommen.« Er schob seine Brille, die ihm auf die Nasenspitze gerutscht war, hoch und blinzelte verlegen.

Orpheus nickte. »Das freut mich.«

»Mich auch, mich auch …« Herr Fechner sagte alles zweimal. Er war wirklich sehr schrullig.

Orpheus betrachtete ihn prüfend. Der Mann war blass und schwitzte. Hoffentlich bekam er keinen Schwächeanfall und kippte um. Das hätte ihm gerade noch gefehlt.

Aber Herr Fechner kippte nicht um. Er legte eine Hand auf seinen Bauch und richtete sich mit einem Seufzer gerade auf. »Ich muss jetzt los. Ich …«

Was er noch sagte, bekam Orpheus nicht mehr mit, weil er den Bauch von Herrn Fechner anstarrte. Denn dieser Bauch war ganz schön rund. Merkwürdig! Den hatte er aber anders in Erinnerung. Hatte er sich bei seiner Personenbeschreibung getäuscht?

Verwirrt kratzte Orpheus sich am Kopf. Seine Eltern boten ihren Kunden zwar Kekse an, aber davon konnte Herr Fechner nicht innerhalb kürzester Zeit so dick geworden sein, selbst wenn er den ganzen Teller leer gegessen hätte.

Wie ein Feuerblitz schoss eine Erkenntnis durch sein Detektivgehirn. Schnell stellte er sich Herrn Fechner in den Weg, der sich gerade verabschieden wollte. »Was haben Sie da unter Ihrer Strickjacke?«

»Ich? Gar nichts!« Der Mann legte schützend die zweite Hand auf seinen Bauch.

Orpheus ließ nicht locker. »Doch, da ist etwas. Ich sehe es genau. Zeigen Sie her, sofort!«
Herr Fechner wurde rot im Gesicht und bekam einen Hustenanfall. »Schon wieder dieses … blöde … Kratzen im Hals. Das werde ich einfach nicht los.«
»Gegen Husten hilft Salbei, hab ich gehört.« Orpheus fischte das Bonbonpapier aus seiner Tasche und hielt es ihm unter die Nase. »Ist das von Ihnen? Ich hab es da drüben unter der Vitrine gefunden.«
Herr Fechner nickte verlegen. »Das war leider mein letztes Salbeibonbon. Darum muss ich schnell nach Hause, dort liegt eine neue Packung.«
»Sie bleiben schön hier!«, sagte Orpheus mit fester Stimme. »Und Sie sagen mir jetzt, was Sie an der Vitrine gemacht haben. Ich kenne die Wahrheit, ich bin nämlich Detektiv. Hier ist mein Ausweis.«
Der Mann blinzelte und ächzte. Sein Körper schwankte, er musste sich an der Wand abstützen. Als er sein Gleichgewicht wiedergefunden hatte, murmelte er: »Ich gebe es zu, ich hab den Leuchtturm herausgenommen.« Langsam knöpfte er seine Strickjacke auf und zog das Beutestück hervor.
Orpheus hatte es gewusst. Trotzdem konnte er es im ersten Augenblick nicht fassen. Doch als er es fassen konnte, wurde er stinkwütend. »Was fällt Ihnen ein, meine Eltern zu beklauen? Dabei waren die so nett zu Ihnen!«

Herr Fechner drückte Orpheus den Leuchtturm in die Hand. »Es tut mir so leid! Ich bin kein gemeiner Dieb, ich hab, ohne nachzudenken, zugegriffen. Den Turm wollte ich meiner kleinen Tochter mitbringen. Julia liebt alles, was mit dem Meer zu tun hat. Und sie ist so traurig, weil ihr Onkel gestorben ist. Der ist letzten Sommer mit ihr auf genau so einen Leuchtturm gestiegen.«

Damit hatte Orpheus nicht gerechnet. Ein großer Teil seiner Wut verrauchte. »Hmm … ach so, ich verstehe. Aber das geht trotzdem nicht. Sie dürfen nichts stehlen.«

»Ich weiß«, sagte Herr Fechner zerknirscht. »Das war eine ganz dumme Idee von mir. Kannst du den Leuchtturm nicht einfach zurück in die Vitrine stellen, ohne mich zu verraten?«

Orpheus schlang seine Arme fester um die gesicherte Diebesbeute. »Das geht nicht. Dann wäre ich ja auch ein Verbrecher.«

»Bitte!« Herr Fechner sah Orpheus flehend an.

Das war gemein. Wenn jemand ihn so ansah, fiel es Orpheus unglaublich schwer, hart zu bleiben. Aber vielleicht musste er das ja gar nicht? Dieser Orpheus aus der griechischen Sage war schließlich auch nicht hart geblieben, sondern hatte sich nach seiner Frau umgedreht, obwohl es ihm der Chef der Unterwelt ausdrücklich verboten hatte.

»Mal sehen …« Orpheus gab sich einen Ruck. »Ich erzähle meinen Eltern nichts von der Sache und sorge dafür, dass der Leuchtturm an seinen Platz zurückkommt, bevor es jemand merkt. Aber nur unter einer Bedingung: Sie müssen mir versprechen, dass Sie in Ihrem Leben nie wieder etwas klauen!«

»Das verspreche ich«, sagte Herr Fechner ernst. »Versprochen ist versprochen und wird nicht gebrochen.«

Orpheus klopfte ihm auf die Schulter. »Sie sind ein guter Junge!«

Treffpunkt Friedhof

Für alle, die erst hier mit dem Lesen einsteigen: Keine Sorge, ihr habt nichts verpasst. Der zweite Fall von Detektiv O., Schüler der dritten Klasse, Linkshänder und Schokolinsen-Liebhaber, ist mindestens genauso spannend wie der erste. Inzwischen ist Detektiv O. stolzer Besitzer eines Fingerabdruck-Sets und verfügt außerdem über drei Lupen in verschiedenen Größen. Aber ich warne euch jetzt schon: In dieser Geschichte stirbt wieder jemand und ein anderer möchte freiwillig auf dem Friedhof übernachten. Leute mit schwachen Nerven blättern am besten weiter, allen anderen wünsche ich viel Spaß!

Vier Tage nachdem Detektiv O. im Wartezimmer des Beerdigungsinstituts seiner Eltern Werbezettel für sein Detektivbüro ausgelegt hatte, bekam er einen merkwürdigen Brief von einem Mädchen.

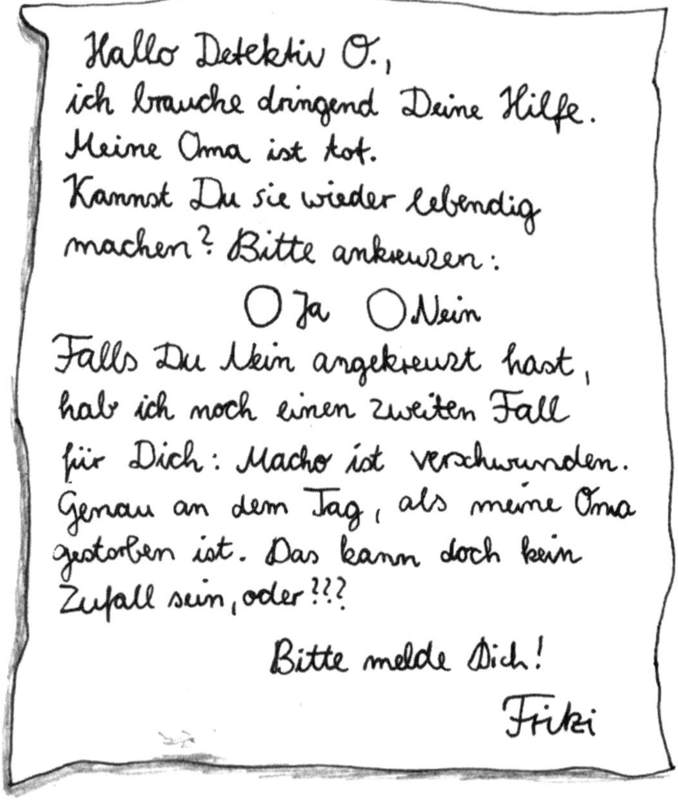
Hallo Detektiv O.,
ich brauche dringend Deine Hilfe.
Meine Oma ist tot.
Kannst Du sie wieder lebendig
machen? Bitte ankreuzen:

O Ja O Nein

Falls Du Nein angekreuzt hast,
hab ich noch einen zweiten Fall
für Dich: Macho ist verschwunden.
Genau an dem Tag, als meine Oma
gestorben ist. Das kann doch kein
Zufall sein, oder???

Bitte melde Dich!

Fritzi

Orpheus las den Brief dreimal durch und wusste nicht, ob er lachen oder weinen sollte. Glaubte diese Fritzi wirklich, dass man tote Menschen wieder zum Leben erwecken konnte? Das schaffte nicht mal Superman. Nur einen Mann gab es vor über zweitausend Jahren, dem soll es angeblich gelungen sein: Jesus. Aber leider hatte ihn

in letzter Zeit niemand mehr gesehen. Vielleicht machte er Urlaub und schipperte in einem U-Boot durch die Weltmeere.
Orpheus kam zu dem Schluss, dass Fritzi höchstens sieben Jahre alt sein konnte. Aber was sie über den zweiten Fall schrieb, war schon seltsam und warf viele Fragen auf, unter anderem:

1. Wer war Macho? Ein Freund von Fritzis Großmutter, der sich besonders toll und männlich vorkam?
2. War er verschwunden, weil er die arme Oma umgebracht hatte?
3. Und die wichtigste Frage: Wenn Macho tatsächlich ein Mörder war, konnte Detektiv O. diesen Fall überhaupt übernehmen? War er dann nicht eine Nummer zu groß für ihn?

Orpheus konnte all diese Fragen nur klären, indem er Kontakt zu Fritzi aufnahm. Ihre Telefonnummer stand hinten auf dem Briefumschlag. Orpheus griff nach seinem Handy und wählte.
»Fritzi Hartung«, meldete sich eine hohe Kinderstimme.
»Hier ist Detektiv O. Ich habe …«
Weiter kam er nicht. »Ich wusste, dass du anrufst!«, unterbrach Fritzi ihn aufgeregt. »Fahr sofort zum Nord-

friedhof. Wir treffen uns dort in einer halben Stunde beim Haupteingang.« Es tutete aus der Leitung. Fritzi hatte einfach aufgelegt.
Orpheus stöhnte. »Mann, Mann! Sie hätte wenigstens fragen können, ob ich den Fall übernehme.«
Es blieb ihm nichts anderes übrig: Er musste zum Nordfriedhof fahren. Profi-Detektive ließen ihre Klienten nicht im Stich.

Die Glocke der Friedhofskapelle schlug fünf Mal, als Orpheus sein Fahrrad abschloss und durch das schmiedeeiserne Tor trat. Dunkle Wolken schoben sich vor die Sonne. Obwohl der Tag langsam dem Ende zuging, war es immer noch drückend schwül. Bestimmt gab es heute noch ein Gewitter.
Orpheus blies sich eine verschwitzte Haarsträhne aus der Stirn, lehnte sich an einen Baum und sah sich um. Kein Mensch weit und breit.
»Fritzi? Hallo?«, rief er nervös.
Plötzlich rauschte es über seinem Kopf. Irgendetwas plumpste auf den Boden. Orpheus fuhr erschrocken herum. Ein dünnes, rothaariges Mädchen stand vor ihm, mit zerschrammten Armen und Beinen. Orpheus hatte sie schon auf dem Schulhof gesehen. Sie ging in die erste Klasse.
»Da bist du ja, komm!«

Wieder wartete Fritzi nicht, bis er antwortete, sondern lief einfach los – den Hauptweg entlang, an den Gräbern vorbei zu einem Hügel. Dort leuchtete eine weiße Mauer vor dem drohend schwarzen Gewitter-Himmel. In kleinen Nischen standen Urnen, geschmückt mit Blumen. Rote Grablichter flackerten träge vor sich hin.
Fritzi ging zu einer Nische mit einem Blumenkranz aus schneeweißen Rosen. Stumm faltete sie ihre Hände. Das war wohl die Urne ihrer Oma. Orpheus faltete auch die Hände und wartete.
Nach ein paar Minuten drehte Fritzi den Kopf zu ihm herum. »Du hast nichts dabei, keinen Zauberstab oder so.«
»Wie? … Äh … nein«, stammelte Orpheus.
Fritzi nickte ernst. »Also kannst du es nicht: sie wieder lebendig machen.«
»Tut mir echt leid.«
Fritzi zog die Schultern hoch. »Hab ich mir schon gedacht.« Sie schniefte.
Orpheus hatte kein Taschentuch dabei und wusste nicht, was er jetzt am besten sagen sollte. Egal welche Worte ihm einfielen, sie kamen ihm alle falsch vor. Also schwieg er und wartete wieder ein bisschen.
Fritzi putzte sich geräuschvoll die Nase. »Komm, wir setzen uns auf die Wiese.«
Sie gingen ein Stück von der Mauer weg. Fritzi ließ sich

auf den Boden sinken und streckte ihre langen Beine aus. Die Schrammen waren eigentlich Kratzer. Orpheus tippte auf Brombeerranken.

»Sie ist beim Backen gestorben, meine Oma«, erzählte Fritzi. »Sie hat gerade Käsekuchen gemacht. Den konnte keine so gut wie sie. Als der Teig fertig war, ist ihr Herz stehengeblieben, einfach so. Sie ist umgekippt und war tot.«

Ein leichter Wind kam auf. Er fuhr wie ein Bügeleisen über den Rasen.

»Ein Herzinfarkt also.« Orpheus kannte sich mit den Todesarten gut aus. Seine Eltern sprachen meistens nur im Flüsterton darüber, aber er hatte ausgezeichnete Ohren. »Dann ist es schnell gegangen. Sie hat nicht leiden müssen wie bei einer langen Krankheit, Krebs oder so.«

»Das sagt meine Mama auch.« Fritzi rupfte einen Grashalm aus und kaute darauf herum. »Weißt du, was das Schlimmste ist? Jetzt ist Oma weg und Macho auch. Er hat Oma total vermisst. Und ihren Kuchen auch. Er wollte immer was vom Teig abhaben, wenn Oma backte. ›Rein zufällig‹ ist er dann in der Küche aufgetaucht und hat sie einfach nur angesehen.«

Orpheus hatte nur darauf gewartet, dass der Name fiel. »Ist Macho … äh … war Macho ein Freund deiner Oma?«

Fritzi sah ihn an, als ob er nicht bis drei zählen könnte. Dann zuckte es um ihre Mundwinkel. »Macho ist Omas Hund, ein kleiner Terrier!«
Orpheus fiel ein Grabstein vom Herzen. Er hatte es nicht mit einem blutigen Mordfall zu tun. Der Hund hatte Fritzis Oma bestimmt nicht umgebracht.
»Macho ist total lieb, kann aber auch sehr frech sein«, erzählte Fritzi. »Schon als Welpe hat er sich aufgeführt, als sei er der allergrößte, tollste Hund auf der ganzen Welt. Deshalb hat Oma ihn auch Macho genannt.«

Orpheus holte seinen Notizblock heraus. »Verstehe. Ich übernehme den Fall natürlich gerne. Kannst du mir ein paar Fragen beantworten?«
»Schieß los.«
»Könnte es sein, dass der Hund vor Schreck weggelaufen ist?«
Fritzi schüttelte energisch den Kopf. »Nein, Macho ist total mutig. Er hat Oma gefunden, laut gebellt und meine Eltern geholt. Die haben den Notarzt gerufen, aber es war zu spät. Dann ging alles drunter und drüber. Erst am Abend ist uns aufgefallen, dass Macho verschwunden war.«
Orpheus schrieb eifrig mit. »Ist er vorher schon mal weggelaufen?«
»Noch nie«, sagte Fritzi. »Das ist es ja. Deswegen glaube ich auch, dass er entführt wurde. Hoffentlich geht es ihm gut!«
»Das hoffe ich natürlich auch.« Orpheus kratzte sich mit dem Kugelschreiber an der Stirn. Eine fiese Mücke hatte ihn gestochen. »Bitte beschreib mir möglichst genau, wie Macho aussieht.«
Fritzi kramte in ihrer Tasche und holte ihren Geldbeutel heraus. »Hier, ich hab extra ein Foto mitgebracht. Das kannst du erst mal behalten.«
Orpheus betrachtete den Schnappschuss ausgiebig. Ein wuscheliger, weißer Terrier blickte herausfordernd in die

Kamera. Das rechte Ohr hatte er aufgestellt, das linke nach unten geklappt. Seine Schnauze streckte er stolz in die Luft und sein Schwanz war wie eine Antenne aufgerichtet. »Der sieht wirklich aus wie ein Macho.« Orpheus musste lachen. »Hat der Hund irgendein Lieblingsspielzeug?«

»Sein Kuschelkissen liebt er heiß und innig. Das liegt normalerweise in seinem Hundekorb. Ich hab es rausgenommen, weil ich Macho so vermisse und es nach ihm riecht.« Fritzi zog das Kuschelkissen aus ihrer Tasche.

»Super, danke.« Plötzlich hatte Orpheus eine Idee. »Gibt es bei euch in der Nachbarschaft noch einen anderen Hund?«

Fritzi runzelte die Stirn. »Ja, schon. Der alte Dr. Wiese von gegenüber hat eine Rauhaardackel-Hündin, Lea. Wieso fragst du?«

»In welcher Straße wohnt ihr?« Orpheus schrieb sich Namen und Adresse auf. Dann steckte er den Notizblock weg. Am Horizont fuhr ein Blitz im Zickzackkurs durch die Wolken. Wetterleuchten. »Danke! Ich muss los.«

Fritzi warf ihren zerkauten Grashalm weg. »Was hast du vor? Du kannst doch nicht einfach so abhauen.«

»Erklär ich dir später«, rief Orpheus ihr im Laufen zu. »Die Zeit rennt.« Er wollte diesen Fall noch vor dem Gewitter lösen, und leider konnte er nicht fliegen wie Superman, sondern musste sich mit dem Fahrrad begnügen.

Zehn Minuten später klingelte Orpheus mit hochrotem Kopf bei Dr. Wiese. Aus dem Haus hörte man lautes Gebell.

Ein sportlicher Rentner machte auf. »Hallo, wer bist du denn? Geht es dir nicht gut?«

»Doch, bin nur … sehr schnell … geradelt.« Endlich beruhigte sich sein Puls wieder einigermaßen. Orpheus zeigte seinen Ausweis vor. »Detektiv O. Ich brauche Ihre Hilfe. Macho ist verschwunden, der Hund von Fritzis Oma.«

Ein Schatten flog über das Gesicht des Arztes. »Die arme Lieselotte. Sie war erst 67 Jahre alt, kein Alter heutzutage.«

»Ja, das ist traurig«, sagte Orpheus. »Aber ich bin wegen Macho hier. Fritzi hat mich beauftragt, ihn zu finden. Könnte Ihr Dackel vielleicht an Machos Kuschelkissen schnuppern, die Spur aufnehmen und ihn suchen?«

Dr. Wiese zögerte kurz, bevor er Orpheus zuzwinkerte. »Du kennst dich aus mit Hunden, was? Klar kann Lea das machen. Warte, ich hol sie. Aber du musst schnell sein, wenn du ihr folgen willst!«

»Kein Problem, ich hab mein Rad«, freute sich Orpheus. »Das ist echt nett von Ihnen.«

Wenig später steckte Lea ihre feuchte Nase in Machos Kuschelkissen. Sie musste niesen, so stark war anscheinend der Geruch.

Dr. Wiese fragte: »Bist du bereit?« Und dann gab er den Befehl: »Such, Lea!«
Die dunkelbraune Dackeldame bellte zweimal kurz, scharrte mit den Füßen auf dem Boden und sauste los.
»Nicht so schnell, warte doch!« Orpheus sprintete zu seinem Fahrrad und nahm die Verfolgung auf.
Lea raste die Straße entlang, überquerte zwei Kreuzungen, bog einmal links ab und zweimal rechts, bis sie eine Schrebergartensiedlung erreicht hatte. Geschickt öffnete sie mit der Schnauze die Eingangstür und rannte den Hauptweg entlang. Beim dritten Grundstück stoppte sie und machte einen eleganten Satz über den Zaun.
Orpheus ließ sein Fahrrad ohne Rücksicht auf Verluste auf den Schotter fallen und hechtete über den Zaun. Lea war bereits mit wedelndem Schwanz durch eine Hundeklappe im Gartenhaus verschwunden. Aufgeregt rannte Orpheus ihr nach.
Die Tür war nicht abgeschlossen, also ging er vorsichtig rein. Im Flur war es dunkel. Seine Augen mussten sich erst an das Dämmerlicht gewöhnen. »Macho?«, rief er. »Bist du da drin?«
Von draußen hörte er etwas über den Schotter schrammen, dann kam ein leiser Pfiff. Etwas Raues streifte seine Beine. Es war Lea, die sich an Orpheus vorbeidrückte und wieder ins Freie flitzte. Er hinderte sie nicht daran. Schließlich hatte sie ihren Auftrag erfüllt.

Langsam konnte er mehr erkennen. Alle Wände im Flur waren dunkelgrau gestrichen. Eine Tür führte in ein winziges, düsteres Wohnzimmer mit einer kleinen Küchenzeile. Der Raum war leer. In der Ecke neben der Spüle stand ein Napf mit trockenem Hundefutter. Aha!

»Macho? Komm raus, ich weiß, dass du dich unter dem Sofa versteckt hast.« Orpheus robbte unter das braune Möbelstück, aber hier war Macho nicht.

Plötzlich hörte er, wie die Haustür ins Schloss fiel und ein Schlüssel herumgedreht wurde. Auf dem Kies entfernten sich eilige Schritte.

Orpheus sprang hoch, rannte zur Tür und rüttelte daran. Sie war tatsächlich abgeschlossen. »Hey, was soll das?« Er trommelte gegen das Holz. »Lassen Sie mich sofort wieder raus!«

Die Schritte waren nicht mehr zu hören.

»Das gibt's doch nicht!« Orpheus konnte es nicht fassen. Statt Macho zu finden und zu befreien, war er jetzt selbst ein Gefangener!

»Nicht mit mir!«, schnaufte Orpheus. »Ich weiß, wie ich hier rauskomme!« Die Hundeklappe war ziemlich groß. Orpheus legte sich auf den Bauch und zwängte sich mühsam hindurch.

Endlich hatte er es geschafft – er war der düsteren Welt des Gartenhäuschens entkommen. Er war frei! Und er wunderte sich überhaupt nicht über den Namen, der vorne an der Gartentür stand. Denn Dackel Lea kannte diesen Ort offensichtlich sehr gut. Und sie war sofort aus dem Haus gekommen, als jemand Bestimmtes nach ihr gepfiffen hatte!

Orpheus warf einen Blick in den Abendhimmel hinauf. Nicht nur er sah jetzt klar. Die dunklen Wolken hatten sich auch verzogen. Kein Wetterleuchten mehr, nicht mal ein Windhauch. Das Gewitter hatte sich einen anderen Platz zum Austoben gesucht.

»Umso besser«, murmelte Orpheus zufrieden. Er setzte sich aufs Fahrrad und fuhr zurück in Fritzis Straße. Dort stellte er sich vor das Haus der Person, die ihn eingesperrt hatte. Am Zaun lehnte ein altmodisches Rad.

Als auf sein Klingeln hin niemand aufmachte, ging Orpheus ums Haus herum. Aus dem Garten hörte er jemanden lautstark schnarchen. Dr. Wiese lag seelenruhig in der Hängematte! Auf seinem Bauch hatten es sich zwei schlafende Hunde gemütlich gemacht: Lea und Macho. Soweit Orpheus es erkennen konnte, war der Hund von Fritzis Oma gesund und munter.

Orpheus schlich sich auf Zehenspitzen an. »Hier spricht Detektiv O.«, flüsterte er dem Arzt ins Ohr. »Ich bin kein Traum. Sie sind überführt.«

Lea und Macho blinzelten nur kurz und dösten weiter, doch Dr. Wiese riss die Augen auf. »Was? Du??? Wie … bist du aus dem Gartenhaus rausgekommen?«

»Das bleibt mein Detektivgeheimnis«, sagte Orpheus. »Und Sie haben gerade ein unfreiwilliges Geständnis abgelegt. Dass Sie mich eingesperrt haben, ist eine Straftat. So was nennt man Freiheitsberaubung.«

»Ich hätte dich doch später wieder rausgelassen. Aber erst wollte ich Macho zurückbringen – nur bin ich vor lauter Aufregung eingeschlafen, ich fahre nicht mehr so oft Rad«, sagte Dr. Wiese zerknirscht. Er streichelte Macho. »Ich wollte nicht, dass du herausfindest, dass ich ihn habe. Das war mir peinlich. Als du die Spurensuche vorgeschlagen hast, da kam mir plötzlich eine Idee. Lea ist absolut kein Spürhund. Aber sobald ich sie freilasse und sie etwas suchen soll, rennt sie zum Gartenhäuschen.«

Orpheus schnaufte. »Na toll! Jetzt will ich aber wissen, warum Sie Macho entführt haben.«

Die Hunde merkten, dass von ihnen gesprochen wurde. Auf einmal waren sie hellwach, sprangen aus der Hängematte und tollten gemeinsam im Garten herum.

Dr. Wiese klopfte sich ein paar Hundehaare von der Hose und stand auf. Plötzlich wurde er rot. »Ich war ... ähem ... immer schon in Fritzis Oma verliebt und wollte ein Andenken an sie haben. Lieselotte hat Macho doch so geliebt. Außerdem verstehen sich Lea und Macho so gut.«

Orpheus war fassungslos. »Und deswegen entführen Sie mal eben schnell den Hund? Super Idee.«

Dr. Wiese wurde immer unsicherer. »Ich wollte Macho

nicht richtig entführen, sondern ihn mir nur eine Zeit lang ausleihen. Aber ich bringe ihn sofort zurück und entschuldige mich bei Fritzi.«

»Das will ich stark hoffen.« Orpheus begleitete den Arzt und überzeugte sich höchstpersönlich davon, dass der sein Versprechen auch wirklich hielt.

Fritzi guckte finster. Sie nahm Macho auf den Arm und strich ihm zärtlich über den Kopf. Bei der wortreichen Entschuldigung des Arztes nickte sie nur kurz.

»Kann ich den Hund vielleicht mal ausführen?«, fragte Dr. Wiese am Schluss kleinlaut.

Fritzi hatte nun doch Mitleid mit ihm. »Hm ... Ja, vielleicht – wenn ich dafür auch mit Lea Gassi gehen darf.«

»Na klar«, sagte Dr. Wiese. »Danke, das ist echt nett von dir. Du bist ein tolles Mädchen. Und deine Oma war eine tolle Frau.« Mit einem traurigen Lächeln drehte er sich um und kehrte mit Lea zurück in sein Haus.

Fritzi drückte Macho fest an sich. »Du bist wieder da! Geht es dir gut, ja?« Macho schleckte ihr mit seiner rauen Zunge übers Gesicht. »Iiieh, hör auf!« Fritzi ließ den Hund runter und sah Orpheus bewundernd an. »Danke, dass du mir so schnell geholfen hast. Das werde ich dir nie vergessen.«

»Das war doch gar nichts«, winkte Orpheus ab. Dann merkte er, dass sein Magen knurrte. Kein Wunder, er hatte noch nichts zu Abend gegessen. Das musste er jetzt schleunigst nachholen. Orpheus verabschiedete sich von Fritzi und radelte pfeifend durch den lauen Sommerabend nach Hause.

Eine Woche später kam ein zweiter Brief von Fritzi.

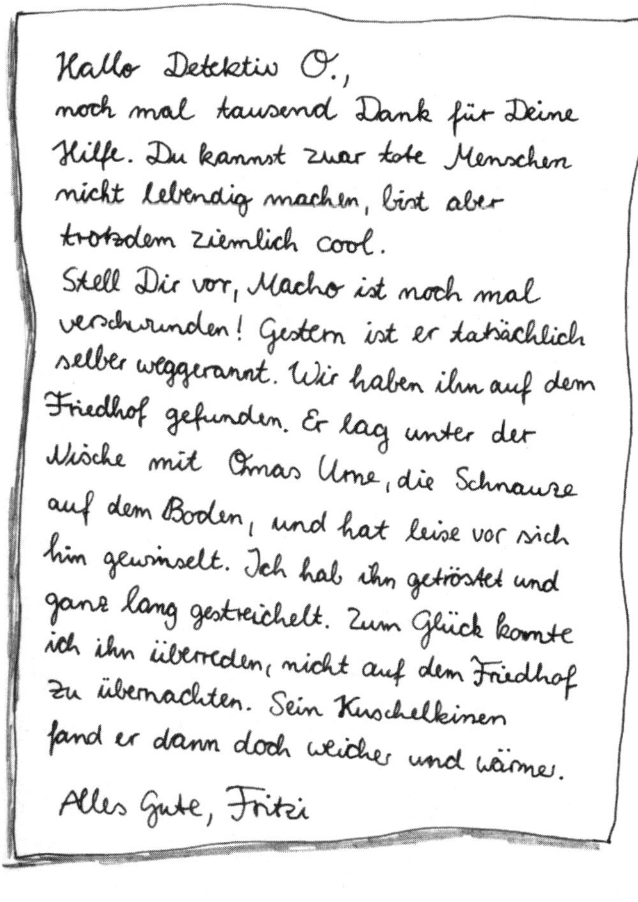
Hallo Detektiv O.,
noch mal tausend Dank für Deine Hilfe. Du kannst zwar tote Menschen nicht lebendig machen, bist aber trotzdem ziemlich cool.
Stell Dir vor, Macho ist noch mal verschwunden! Gestern ist er tatsächlich selber weggerannt. Wir haben ihn auf dem Friedhof gefunden. Er lag unter der Nische mit Omas Urne, die Schnauze auf dem Boden, und hat leise vor sich hin gewinselt. Ich hab ihn getröstet und ganz lang gestreichelt. Zum Glück konnte ich ihn überreden, nicht auf dem Friedhof zu übernachten. Sein Kuschelkissen fand er dann doch weicher und wärmer.
Alles Gute, Fritzi

Zu viel Geld

So, jetzt können auch die Leute mit schwachen Nerven wieder mit dem Lesen einsteigen. Beim nächsten Fall von Detektiv O. kommt garantiert keine Leiche vor. Dafür taucht ein runzeliges Wesen auf. Dieses kleine Wesen schafft es, dass eine komplette Großfamilie verrücktspielt. Nur einer behält einen klaren Kopf: Detektiv O., in seinem normalen Leben als Schüler der dritten Klasse, Linkshänder und Schokolinsen-Liebhaber auch Orpheus Schade genannt. Er muss nämlich schon wieder das nächste Verbrechen aufklären.

»Endlich einmal ein Tag ohne Särge und traurige Menschen!« Orpheus' Mama nahm ein Päckchen von der Kommode im Flur. Es war eingewickelt in grünes Papier, auf dem kleine Teddybären herumturnten.

Papa nickte. »Heute dürfen wir alle so laut lachen, wie wir wollen. Und das meine ich *ehrlich*!« Er zwinkerte Orpheus zu.

Zur Feier des Tages trug er einen hellen Sommeranzug und nicht wie sonst immer Schwarz. Das Beerdigungsinstitut Schade hatte nämlich heute geschlossen. Es war Sonntag.

»Hahaha!« Orpheus zog eine Grimasse. Warum betonte Papa das ›ehrlich‹ so? Egal.

Orpheus wusste nicht so genau, ob er sich auf die Taufe seines kleinen Cousins freuen sollte. Mit Babys konnte er nicht viel anfangen. Sie schliefen, nuckelten an der Brust ihrer Mutter oder an der Flasche und weinten. Danach fingen sie wieder von vorne an. Kein besonders spannendes Programm. Außerdem wäre er viel lieber mit seinem Freund Marvin ins Freibad gegangen.

Mama klimperte mit den Autoschlüsseln. »Seid ihr so weit?«

»Ja, gleich«, sagte Orpheus. Er versuchte sich die Haare nach hinten zu binden, doch der Gummi rutschte immer wieder weg. Es hatte keinen Zweck. Seine Haare waren immer noch nicht lang genug. Er gab auf und ging mit seinen Eltern zum Auto.

Sie fuhren ans andere Ende der Stadt. Dort wohnte Tante Katja, die Schwester von Papa. Sie hatte vor kurzem das Baby bekommen, um das sich heute alles drehte.

Der Parkplatz vor der Kirche, in der die Taufe stattfand, war voller Autos. Papa musste sich in die letzte freie Lücke neben den Mülltonnen quetschen. Orpheus stieg aus und passte dabei einen Augenblick nicht auf. Ein folgenschwerer Fehler. Denn kaum stand er neben dem Auto,

knutschte Oma ihn auf die rechte Wange. Und Onkel Rainer, der Mann von Tante Katja, drückte ihn so fest an seine breite Brust, dass Orpheus die Luft wegblieb.
»Hallo, Orpheus. Mensch, du bist aber groß geworden!«, hörte er als Nächstes Tante Sophie sagen. Sie war auch eine Schwester von Papa.
»Schon ein richtiger Kerl, was?« Ein anderer, entfernt verwandter Onkel, dessen Namen er vergessen hatte, verpasste ihm einen scherzhaften Rippenstoß.
Orpheus zuckte zusammen und lächelte gequält. Papas Familie war sehr groß. Das hatte Vor- und Nachteile. An Weihnachten bekam Orpheus unglaublich viele Geschenke. Leider musste er sich auch für jedes Geschenk bedanken. Und Mama hatte ihm verboten, einen passenden Brief zu kopieren und an alle zu verschicken.
»Na, soll ich dir ein paar Selbstverteidigungs-Tricks zeigen?«, fragte der Onkel ohne Namen und klatsche ihm die Hand auf den Arm. Langsam wurde er echt aufdringlich.
Orpheus beschloss, ihn ab sofort heimlich Onkel Boxer zu nennen. Zum Glück musste er auf die doofe Frage nicht antworten, weil in dem Moment Onkel Boxers Handy klingelte.
»Wie, du bist nicht dabei?! Und was wird jetzt aus unserem Plan? Ich hab meinen Teil erledigt. Ja, ich weiß auch nicht, Peter. Überleg *du* dir was und ruf mich noch mal an. Tschüss!« Onkel Boxer steckte verärgert sein Handy

in die Hosentasche und suchte dann vergeblich nach Orpheus, der die Gelegenheit genutzt und sich schnell verdrückt hatte.
Das war noch mal gut gegangen. Oder doch nicht? Denn plötzlich rief jemand: »Da ist ja der Kleine!«
Orpheus zog den Kopf ein, aber keiner schaute zu ihm hin. Stattdessen umringten alle Tante Katja, die mit einem weißen Bündel auf dem Arm erschienen war.
»Ist der süß!« – »Ich will ihn auch sehen.« – »Der Schmollmund und die Augen – ganz der Papa!« – »Darf ich ihn mal halten?«
Orpheus atmete auf. Endlich interessierte sich keiner mehr für ihn. Unauffällig verzog er sich in die Kirche.
Die Taufe dauerte zum Glück nicht lange. Es wurde zweimal gesungen, gebetet und Wasser über den Kopf des Babys geschüttet. Der kleine Theo, die Hauptperson, verschlief die ganze Zeremonie. Erst beim Orgel-Nachspiel wachte er auf und fing an zu brüllen.
Hinterher gab es bei Tante Katja und Onkel Rainer zu Hause Kaffee und Kuchen.
Auf einem Beistelltisch im Wohnzimmer türmte sich ein Geschenke-Berg. Orpheus hatte noch nie so viel Baby-Spielzeug auf einem Haufen gesehen. Er zählte allein drei Rasseln, fünf Spieluhren und vier Tiere, die knisterten, wenn man sie berührte. An der Seite lehnte ein Umschlag mit der Aufschrift: *Für Theo von Tante Sophie.*

Neugierig spähte Orpheus hinein. »Mann, Mann!«, entfuhr es ihm.
In dem Kuvert steckten eine alberne Glückwunschkarte mit einem Storch, der ein Baby im Schnabel trug, und Geld. Viel Geld. Genauer gesagt sechs bügelglatte, druckfrische 100-Euro-Scheine und ein in der Mitte gefalteter Fünfziger!

Orpheus legte den Umschlag schnell wieder zurück. Seine Hand glühte, als ob er aus Versehen auf eine heiße Herdplatte gefasst hätte. Er fühlte sich wie ein Bankräuber, der auf frischer Tat ertappt worden war. Dabei war er völlig unschuldig und anscheinend hatte ihn auch niemand beobachtet.
Orpheus atmete tief durch und ging in die Küche, um nachzusehen, ob es noch Nachschub von dem leckeren Schokoladenkuchen gab. Er wollte sich unauffällig was nehmen, aber leider traf er in der Küche Tante Katja und Tante Sophie. Die Frauen standen vor der Kaffeemaschine. Zischend lief das heiße Wasser in die Kanne.
Orpheus hatte keine Lust, entdeckt zu werden. Er ver-

steckte sich hinter einem Rollwagen, der mit schmutzigem Geschirr beladen war.
»Du bist verrückt, Sophie«, sagte Tante Katja gerade vorwurfsvoll. »So viel Geld zu verschenken!«
Tante Sophie schüttelte lächelnd den Kopf. »Du übertreibst. Sooo viel war es auch wieder nicht. Der kleine Theo soll es gut haben. Kauft ihm was Schönes.«
»Aber du bist doch selber knapp bei Kasse, seit du letztes Jahr deinen Job im Reisebüro verloren hast«, gab Tante Katja zu bedenken.
Eine peinliche Pause entstand.
Dann räusperte sich Tante Sophie. »Heute geht es nicht um mich, heute dreht sich alles um deinen Kleinen. Du, er ist sooo süß! Ich könnte ihn dauernd knuddeln.«
Tante Katja lachte. »Dann tu es. Ich hab nichts dagegen.«
Die Kaffeemaschine verkündete mit einem Gurgeln, dass sie fertig war. Tante Katja und Tante Sophie gingen mit der vollen Kanne zurück ins Wohnzimmer.
Orpheus verließ sein Versteck und lehnte sich gegen den Vorratsschrank. Sein Puls raste, obwohl er sich gar nicht viel bewegt hatte. In seinem Kopf schwirrten drei große Fragen herum.

1. Wenn Tante Sophie schon seit letztem Jahr arbeitslos war, woher hatte sie dann das viele Geld?

2. Hatte sie eine Bank überfallen?
3. Oder hatte sie aus Rache das Reisebüro, in dem sie früher gearbeitet hatte, ausgeraubt?

Orpheus spürte, dass hier irgendwas nicht stimmte. Er hatte einen neuen Fall!
Aufgeregt mischte er sich wieder unter die Gäste und ließ Tante Sophie nicht aus den Augen. Er wollte unbedingt mit ihr reden. Aber sie trank gerade Kaffee und unterhielt sich mit Orpheus' Großeltern. Also musste er die Zeit überbrücken, bis sie alleine war.
Da Theo ausnahmsweise mal nicht von Verwandten umlagert wurde, warf Orpheus einen Blick auf seinen schlafenden Cousin. Er lag mit ausgestreckten Ärmchen in seiner Wiege. Sein Gesicht war ziemlich zerknautscht und er war echt winzig.
Orpheus beugte sich über die Wiege. »Herzlich willkommen auf unserem Planeten, Theo! Schön, dass es dich gibt. Wenn du ein bisschen größer bist, zeige ich dir mein Detektivbüro. Aber du darfst den Erwachsenen nichts verraten, hörst du? Das bleibt unser Geheimnis.«
Theo machte kurz die Augen auf. Sein Blick kam von weit her, irgendwo aus dem Weltall. Es war komisch, aber Orpheus war sich ganz sicher: Theo wusste, wie alles zusammenhing. Warum es die Menschen gab, wieso manche als Kinder erst nett waren und später trotzdem Ver-

brecher wurden. Und warum man nicht zehn Tüten Schokolinsen auf einmal essen durfte.
»Hast du eine Ahnung, woher Tante Sophie das viele Geld hat?«, fragte Orpheus seinen Cousin, aber der war leider schon wieder eingepennt.
Inzwischen hatte Tante Sophie ihr Gespräch mit den Großeltern beendet. Orpheus passte sie ab, als sie vor dem Spiegel im Flur ihre Lippen nachzog. »Kann ich dich kurz stören?«
Tante Sophie verstaute den Lippenstift in ihrer Handtasche. »Du störst überhaupt nicht. Was gibt es denn?«
Orpheus senkte seine Stimme zu einem Flüsterton: »Es geht um das Geld für Theo. Ich hab zufällig mitbekommen, wie großzügig du warst. Hast du das Geld irgendwo geklaut?«
»Natürlich nicht!«, rief Tante Sophie entrüstet. »Wie kommst du denn auf so was?«
Orpheus sah ihr prüfend in die Augen. »Ganz einfach. Weil 650 Euro eine Menge Kohle sind. Und du bist doch seit letztem Jahr …«
»650 Euro?«, unterbrach Tante Sophie ihn. »Wovon redest du? Ich hab Theo 50 Euro geschenkt, mehr nicht.«
Orpheus war enttäuscht. Sie schämte sich gar nicht, ihn anzulügen. »Leugnen ist zwecklos. Ich hab die Scheine im Umschlag mit eigenen Augen gesehen.«
»Keine Ahnung, was du gesehen hast oder wer das an-

dere Geld da reingetan hat«, sagte Tante Sophie mit felsenfester Stimme. »Jedenfalls hab *ich* nur 50 Euro in den Umschlag gesteckt. Mehr konnte ich mir nicht leisten. Und selbst die musste ich mir mühsam absparen, das kannst du mir glauben.«

Orpheus wurde unsicher. Tante Sophie wich seinem Blick nicht aus und machte auch sonst einen ehrlichen Eindruck. »Du sagst die Wahrheit?«, hakte er nach.

»Die volle Wahrheit«, versicherte Tante Sophie.

Es gab zwar keine Beweise, aber Orpheus glaubte ihr. »Dann muss ich mich bei dir entschuldigen.«

»Ist schon gut.« Tante Sophie betrachtete ihn mit einem milden Lächeln. »Kinder haben oft eine blühende Fantasie.«

Orpheus ließ sie in den Glauben. Aber die Sache mit dem Geld beschäftigte ihn weiterhin. Wer hatte die Scheine in den Umschlag gesteckt? Und warum?

Orpheus hatte kein gutes Gefühl. Ein innerer Magnet zog ihn ins Wohnzimmer zum Geschenke-Tisch. Der Berg sah genauso aus wie vorher – mit einem Unterschied: Der Umschlag von Tante Sophie fehlte. Er war geklaut worden!

Orpheus hob den Kopf. Instinktiv wanderte sein Blick zur Wohnzimmertür. Genau im richtigen Moment. Dort stand Onkel Boxer und steckte ein weißes Kuvert in seine Anzugjacke! Auf einmal erinnerte sich Orpheus an etwas. Worte, die in sein Ohr geschlüpft waren, ohne dass er es bemerkt hatte: »Und was wird jetzt aus unserem Plan? Ich hab meinen Teil erledigt …«

»Bin gleich wieder da«, sagte Orpheus zu seinen Eltern.

Onkel Boxer verließ das Wohnzimmer und ging die Treppe hoch in den ersten Stock. Orpheus folgte ihm in einem Sicherheitsabstand von einigen Metern. Vor der letzten Tür rechts im Flur blieb der Onkel stehen und klopfte zweimal kurz und einmal lang.

»Wie lautet die Parole?«, rief eine heisere Stimme von innen.

»Zaster«, antwortete Onkel Boxer.

Lautlos wurde die Tür aufgemacht. Der Onkel schlüpfte ins Zimmer.

Orpheus wartete ein paar Sekunden. Dann klopfte er ebenfalls zweimal kurz und einmal lang. Auch er wurde nach der Parole gefragt. Mit verstellter tiefer Stimme sagte er: »Zaster.«

Es klappte!

Als die Tür aufging, rutschte ihm das Herz in die Hose. Worauf hatte er sich da bloß eingelassen? Vielleicht gehörte sein Onkel ja zu einer gefährlichen Verbrecherbande! Aber jetzt war es zu spät, er konnte nicht mehr zurück.

Mit weichen Knien betrat er das Zimmer. In der Mitte

stand ein runder Tisch, um den sich fünf Männer versammelt hatten: Onkel Boxer und vier andere Verwandte von Papa. Auf der blauen Tischdecke lagen Spielkarten, der Umschlag von Tante Sophie – und sieben Geldscheine!

»Was willst du denn hier?«, sagte Onkel Boxer unfreundlich. »Das ist nichts für dich. Geh wieder runter ins Wohnzimmer.«

Orpheus nahm all seinen Mut zusammen und schüttelte den Kopf. »Ich hab dich beobachtet.« Plötzlich fiel ihm wieder ein, wie Onkel Boxer in Wirklichkeit hieß. »Onkel Stefan, du hast den Umschlag von Tante Sophie vom Geschenketisch geklaut. Wahrscheinlich hast du auch die 600 Euro dort reingetan. Ich weiß genau, was hier vorgeht, ich bin Detektiv! Ihr macht illegale Glücksspiele und das Geld ist dein Gewinn, den du vor der Polizei verstecken wolltest.«

Die Männer starrten Orpheus mit großen Augen an. Dann pfiff Onkel Boxer durch die Zähne. »Du bist clever. Zum Glück bin ich kein Verbrecher, sonst hätte ich jetzt echt ein Problem.«

»Sag mir endlich die Wahrheit!«, verlangte Orpheus.

Onkel Boxer tauschte einen kurzen Blick mit den anderen Männern. »Du hast vollkommen Recht. Ich hab die 600 Euro in den Umschlag gesteckt, aber die sind nicht aus einem illegalen Glücksspiel. Wir spielen hier nur

Canasta, kein Poker. Aber wir fünf und Onkel Peter, der krank geworden ist, haben für Theo gesammelt. Wir waren zu spät dran für ein Geschenk, darum sollte Peter eine Glückwunschkarte mitbringen. Und ich hab bei der Bank schöne neue Scheine besorgt. Aber Peter ist nicht gekommen, darum hab ich unser Geld zu der Karte von Tante Sophie getan. Und jetzt habe ich sie noch mal geholt, damit wir alle unterschreiben können. Hier, siehst du?«

Orpheus nahm die Karte mit dem Storch und überprüfte sie. Tatsächlich waren zum Glückwunsch und zur Unterschrift von Tante Sophie noch fünf weitere Unterschriften dazugekommen.

Orpheus traute dem Ganzen immer noch nicht. »Das hört sich alles logisch an. Irgendwie zu logisch und perfekt. Woher weiß ich, dass ihr unter dem Tisch nicht doch Poker-Karten habt? Und was soll diese seltsame Parole mit dem Zaster?«

Onkel Boxer grinste verlegen. »Das hab ich mir ausgedacht. War ein bisschen kindisch, das gebe ich gerne zu. Wir wollten sichergehen, dass uns niemand beim Kartenspielen stört. Als du geklopft hast, dachten wir, dass Peter sich aufgerafft hat und vielleicht doch noch gekommen ist.«

»Aha.« Mehr fiel Orpheus im Augenblick nicht ein. Er musste erst mit dem Chaos in seinem Gehirn zurechtkommen.

Onkel Boxer verpasste ihm einen kleinen Stoß in die Rippen. »Du gefällst mir, Junge! Vertrauen ist gut, Kontrolle ist besser. Ich mache dir einen Vorschlag. Wir gehen jetzt gemeinsam runter und legen den Umschlag mit dem Geld zurück auf den Geschenke-Tisch. Einverstanden?«

»Einverstanden«, sagte Orpheus zögernd. Um wirklich ganz sicherzugehen, zählte er das Geld. Es waren genau 650 Euro. Kein Cent fehlte.

Orpheus kämpfte mit seinen Gefühlen. Einerseits war er schwer erleichtert, andererseits auch schwer enttäuscht. Sein Fall war gar kein richtiger Fall gewesen. Er hatte gar keinen Verbrecher überführt.

Doch je länger er darüber nachdachte, umso mehr freute er sich – für Theo. Der war nämlich ein echter Glückspilz. Jetzt musste Orpheus nur noch dafür sorgen, dass sein Cousin das Geld später für sinnvolle Dinge ausgab. Schokolinsen zum Beispiel.

Ein letzter Gruß

Beim nächsten Fall von Detektiv O. geht es darum, wie gefährlich es sein kann, wenn man sich zum falschen Zeitpunkt einen richtig coolen Sportwagen kauft. Und um eine tragische Liebesgeschichte. So viel kann ich aber jetzt schon verraten: Keiner der Beteiligten wird sterben und keiner muss in die düstere Unterwelt. Trotzdem wird es wieder ganz schön gruselig, besonders am Schluss. Also macht euch auf was gefasst!

Es regnete schon seit Stunden, und zwar aus Kübeln. Orpheus saß in seinem Detektivbüro und starrte auf die Bäche, die am Fenster entlang in die Unterwelt hinabrauschten.

Was fing man bloß mit einem verregneten Freitagnachmittag wie diesem an? Einfach trotzdem rausgehen und eine Dusche nehmen? Eindeutig zu nass und außerdem riskierte man, sich einen Schnupfen zu holen. Oder sich in einen Sarg legen und den Deckel zumachen? Das konnte auch schiefgehen. Es musste nur jemand zwei Exemplare verwechseln, und schon landete man auf dem

Friedhof. Nein danke. So toll waren Friedhöfe wirklich nicht.

Ein neuer Fall war leider auch nicht in Sicht. Die Verbrecher legten offenbar gerade eine kreative Pause ein. Orpheus lief in seinem Büro auf und ab. Beim siebten Rundgang fiel sein Blick auf den alten Sekretär. Dort lagen die restlichen Werbezettel für sein Detektivbüro. Das brachte ihn auf eine Idee.

Orpheus nahm sich den Stapel und ging hinunter ins Erdgeschoss. Es konnte nicht schaden, noch mal Werbung zu verteilen. Die ersten Zettel waren inzwischen alle aus dem Wartezimmer verschwunden.

Zum Glück war der Raum leer. Orpheus legte seine Zettel zwischen einen Stapel Frauenmagazine und eine bereits reichlich zerfledderte Autozeitschrift. Vornedrauf war ein Sportwagen abgebildet. *Der* Sportwagen, von dem Marvin und er immer schon geträumt hatten. Vergrößerter Lufteinlass vorne, tief liegende Nebelscheinwerfer, beeindruckender Kühlergrill, Chromleisten oberhalb der Seitenfenster. Orpheus konnte nicht anders: Er trennte das Titelblatt ab, faltete es vorsichtig und steckte es in seine Hosentasche.

Das Rauschen draußen wurde leiser, der Regen ließ nach. Orpheus warf einen Blick in den Innenhof. Es tropfte von den Büschen und Bäumen. Er überlegte gerade, ob er jetzt rausgehen sollte, als drei etwa 18-jährige Jungs

von der Straße in den Innenhof kamen. Sie trugen Gummistiefel und Regenjacken und hatten Wasserpistolen dabei. Die füllten sie am Brunnen neu auf und spritzten sich gegenseitig nass. Das fanden sie superlustig.
Orpheus schüttelte den Kopf. Wie konnte man mit 18 bloß noch so kindisch sein? Dann stutzte er. Irgendwie kamen ihm die Jungs bekannt vor. Jetzt fiel es ihm wieder ein: Die drei trafen sich oft vor einem Dönerstand zwei Straßen weiter. Wahrscheinlich wohnten sie in der Nachbarschaft.
Orpheus machte ein Handyfoto. Vielleicht konnte er es später ja brauchen.
Nach einer Weile wurde den Jungs das Spiel zu langweilig. Laut grölend zogen sie ab.
Orpheus beschloss, zurück in sein Detektivbüro zu gehen. Im Treppenhaus bekam er mit, wie ein junger Mann das Beerdigungsinstitut seiner Eltern verließ. Der Mann seufzte tief und ging mit schnellen Schritten vor zur Straße.
Fünf Sekunden später ertönte ein Schrei. Orpheus wurde bleich. Was war passiert? Brauchte jemand Hilfe? Hatte der Mann sich verletzt?
Orpheus sprintete los, er rannte, so schnell er konnte. Draußen auf der Straße stoppte er und rieb sich die Augen. Er konnte nicht glauben, was er da sah!
Dem jungen Mann war zum Glück nichts passiert. Aber

neben ihm auf dem Gehsteig parkte doch tatsächlich der Sportwagen aus der Zeitschrift! Der einzige Unterschied bestand in der Farbe des Lacks. Das Auto auf dem Titelblatt war rot, das hier hellblau. Und auf dem echten Dach glitzerten Regentropfen. *Schade, dass Marvin jetzt nicht hier ist*, dachte Orpheus. Der hatte das Modell auch noch nie live gesehen.

Der junge Mann raufte sich die Haare. »Mein schönes Auto! Wer hat das gemacht? Ich war doch nur eine halbe Stunde weg.«

Orpheus trat einen Schritt näher. Jetzt sah er es auch. Auf der Fahrerseite hatte der hellblaue Lack einen langen, weißen Kratzer. Da hatte sich jemand mit einem spitzen Gegenstand ausgetobt. Aber das war noch nicht alles. Beide Hinterreifen waren platt, vermutlich mit einem Messer zerstochen.

»Das ist ja furchtbar«, sagte Orpheus. »Ich bin übrigens Detektiv O. und helfe Ihnen gerne, den Täter zu finden.«

Der junge Mann grunzte unwillig. »Du? Du bist doch noch ein Kind.«

Orpheus stellte sich auf die Zehenspitzen und streckte seinen Oberkörper. »Ich habe schon vier Fälle erfolgreich gelöst.« Diesmal zählte er das Schokoladenrätsel mit. »Und außerdem hab ich drei Tatverdächtige gesehen. Sie waren vor ein paar Minuten hier im Hinterhof, haben mit Wasserpistolen herumgespielt und sich ziemlich aufgeführt.«

»Wirklich?« Jetzt nahm der Mann Orpheus endlich ernst. »Und du bist Detektiv?«

»Genau.« Orpheus zeigte ihm das Handyfoto. »Kennen Sie diese Jungs?«

»Nein, hab ich noch nie getroffen.«

Plötzlich sah Orpheus etwas auf dem Gehsteig silbrig glitzern. Er bückte sich und hob einen länglichen Gegenstand auf. »Da haben wir es ja, das Tatwerkzeug! Eine Nagelfeile.«

»Diese fiesen Kerle!«, regte sich der Mann auf. »Die können was erleben!«

Orpheus beschwichtigte ihn: »Sparen Sie sich Ihre Wut lieber für später auf. Ich finde die Täter und überführe sie. Dann können Sie bei der Polizei Anzeige gegen sie erstatten.«

»Du hast Recht, danke.« Der Mann sah beeindruckt zu, wie Orpheus das Tatwerkzeug in ein Plastiktütchen steckte. »Ich nehme dein Angebot gerne an. Die Polizei findet bei solchen Sachen ja sowieso nie die Täter. Jeden Tag werden Autos zerkratzt, da kommen die nicht hinterher. Und am Ende behaupten sie, man habe es selbst getan, um von der Autoversicherung Geld zu kriegen.« Er machte eine kurze Pause. »Ich heiße übrigens Harald.«

Orpheus freute sich über den neuen Auftrag. Dann wurde er schnell wieder ernst. »Entschuldigen Sie bitte! Das Wichtigste hab ich ganz vergessen: mein herzliches Beileid!«

»Wofür?« Harald schaute ihn erstaunt an.

Orpheus räusperte sich. »Sie waren doch bei meinen Eltern. Also haben Sie wahrscheinlich einen geliebten Menschen verloren.«

»Nein, nein«, antwortete Harald. »Ich hab nur vorgesorgt und mir schon mal einen Sarg für mich selbst ausgesucht. Ich will niemandem auf der Tasche liegen, wenn ich gestorben bin. Deshalb hab ich die Beerdigungskosten im Voraus bezahlt.«

Orpheus fragte betroffen: »Sind Sie krank?«

Harald lachte. »Nein. Aber ich bin vor kurzem 25 Jahre alt geworden. Manche Menschen sterben jung. Man kann nie wissen. Jedenfalls hab ich gerade mein ganzes Leben umgekrempelt: den Sportwagen gekauft, den Job gewechselt, mich von meiner Freundin getrennt. Ich esse jetzt sogar ein anderes Müsli ...«

»Verstehe.« So genau hatte Orpheus es gar nicht wissen wollen.

»Wie geht es denn jetzt weiter?« Harald betrachtete sorgenvoll sein Auto. »Ich werde den Wagen abschleppen lassen. Und dann?«

»Alles andere überlassen Sie einfach mir«, sagte Orpheus.

»Ich weiß, dass die Jungs oft an einem Dönerstand hier in der Nähe herumhängen. Ich werde zu ihnen gehen und ihnen mal ordentlich auf den Zahn fühlen.«

»Klingt gut.« Harald seufzte. »Also dann ... Ach, hier hast du noch meine Karte, falls du mich anrufen musst.«

»Cool«, sagte Orpheus und steckte die Karte ein.

Am Samstag ging er gleich vormittags zum Dönerstand. Die Verdächtigen waren auch schon da und verspeisten gerade ihr zweites Frühstück. Alle drei trugen Sonnenbrillen.

»Mahlzeit!«, sagte Orpheus.

Die Jungs grinsten und aßen seelenruhig weiter.

Orpheus zog das Zeitschriftenblatt mit dem Sportwagen heraus. »Habt ihr das Auto schon mal in echt gesehen? Nicht in Rot, sondern in Hellblau?«

»Nö«, sagte der Junge mit der größten Brille. »Aber wenn deine Eltern so einen Sportwagen haben, können sie ihn uns gerne abtreten. Wir sind erstklassige Fahrer.«

Orpheus wusste nicht, was er von der Antwort halten sollte. Sagten die Jungs die Wahrheit? Er startete einen zweiten Versuch und zeigte ihnen die Nagelfeile. »Gehört die einem von euch?«

Jetzt grölten die Jungs: »Hey, willst du dich über uns lustig machen?« – »Eine Nagelfeile, das ist doch Weiberkram!«

Orpheus gab es auf. Mehr würde er heute aus den albernen Typen nicht herausbringen. Er musste es ein andermal versuchen oder sie heimlich beschatten. Orpheus ließ die drei stehen und ging wieder nach Hause.

Im Innenhof traf er eine junge Frau mit einem Rucksack auf den Schultern.

»Hallo, Kleiner!«, sagte sie zu ihm. »Dieser Beerdigungsladen ist echt super. Gefällt mir richtig gut.« Sie lachte und griff in ihre blonden langen Haare, um sie über die Schulter zurückzunehmen. Sie hatte schlanke, gepflegte Hände mit rosa lackierten Fingernägeln. Fröhlich pfeifend lief sie zur Straße hinaus.

Orpheus starrte ihr entgeistert hinterher. Waren heute alle Leute verrückt geworden? Oder wurden irgendwo Luftballons mit Lachgas verteilt?

Nachdenklich betrat er das Haus und schaute im Büro

seiner Eltern vorbei. »Sagt mal, was hat denn die junge Frau bei euch gewollt? Die war so seltsam fröhlich?«
»Sie hat etwas gekauft, aber was, das dürfen wir leider nicht verraten.« Mama hob bedauernd die Schultern. »Sie hat ein großes Geheimnis draus gemacht.«
»Aber sie hat bar bezahlt«, erzählte Papa. »Das kommt selten vor. Hat uns ihre Geldscheine regelrecht aufgedrängt.«
Orpheus schüttelte den Kopf. Im Institut seiner Eltern tauchten manchmal schon sehr seltsame Menschen auf.
Er ging ins Detektivbüro und zückte sein Handy, um Harald über den Stand der Ermittlungen zu informieren. Leider gab es ja noch nichts wirklich Neues. Harald machte ihm zum Glück keine Vorwürfe. Er wünschte ihm weiterhin viel Erfolg.

In den nächsten Tagen spazierte Orpheus nach der Schule immer wieder zum Dönerstand und beobachtete heimlich die drei Jungs. Sie spritzten mit ihren Wasserpistolen Fußgänger nass, tranken Cola aus Dosen und rülpsten um die Wette. Sie kamen nicht mal in die Nähe von irgendwelchen Fahrzeugen, was natürlich nichts heißen musste. Vielleicht waren sie jetzt vorsichtiger geworden und zerkratzten die Autos nur noch abends, wenn es dunkel war.
Langsam wurde Orpheus ungeduldig. Er konnte nichts

anderes tun, als täglich zum Dönerstand zu gehen – und dann wieder nach Hause. Und er hatte nicht mal eine Leier wie dieser Orpheus aus der griechischen Sage, um sich mit Liedern die Zeit zu vertreiben. Aus lauter Langeweile räumte er das Detektivbüro auf und sortierte die alten Sarg-Kataloge seiner Eltern nach Jahrgängen.

Dann, am vierten Tag nachmittags um kurz nach drei, rief Harald an. »Du … musst … sofort kommen«, sagte er mit abgehackter Stimme.

Orpheus erschrak. »Was ist passiert?«

»Das kann ich dir nicht am Telefon erzählen. Komm in meinen Spielwarenladen. Die Adresse hast du ja.« Es tutete aus dem Handy. Harald hatte aufgelegt.

Orpheus schwang sich aufs Fahrrad und düste los. Er musste nicht auf dem Stadtplan nachsehen. Das Spielwarengeschäft kannte er gut. Dort hatte er sein Fingerabdruck-Set gekauft.

Harald war völlig aufgelöst. Seine Hände zitterten und er ruderte hilflos mit den Armen, während er sprach. Er führte Orpheus durch den Laden in sein Büro. Neben dem Schreibtisch stand eine Urne.

Orpheus war platt. »Haben *Sie* die gekauft? Ich dachte, Sie wollten einen Sarg?«

»Nein, das war ich nicht! Die hat mir jemand geschickt!«

»Wer denn?!«

»Keine Ahnung. Es ist kein Absender dabei.« Harald ließ sich auf den Bürostuhl fallen.
Orpheus sah sich die Urne genauer an. Auf der Vorderseite war ein Kreuz. Das Gefäß ruhte auf einem Holzständer und war auf zwei Trauerkränze gebettet. Auf der einen Schleife stand »In stillem Gedenken« und auf der anderen »Als letzten Gruß«.
Harald knetete nervös seine Hände. »Ich hab mich noch nicht getraut, sie aufzumachen. Wer weiß, was da drin ist?!«
»Normalerweise Asche«, rutschte es Orpheus heraus. Er biss sich auf die Unterlippe. Das war keine gute Antwort gewesen.
Prompt wurde Harald noch panischer. »O Gott! Waren das wieder diese Jungs, von denen du erzählt hast? Was wollen die bloß von mir? Ich kenne die doch überhaupt nicht.«
»Vielleicht waren sie es ja gar nicht.« Orpheus kratzte sich am Kinn. »So eine Urne und die Trauerkränze, das kostet richtig viel Geld. Das hätten die Jungs erst mal zusammenkriegen müssen. Und auch sonst passt die ganze Sache nicht so richtig zu ihnen.«
»Aber wer w… war es dann?«, stammelte Harald.
Orpheus seufzte. »Ich fürchte, das werden wir nur herausfinden, wenn wir den Deckel heben.«
Harald wehrte entsetzt ab. »*Ich* tue das garantiert nicht!«

Also blieb nur eine Person, die diese unangenehme Aufgabe erledigen durfte: Detektiv O. Es war wie an Weihnachten, wenn er Omas Geschenk auspackte und nie wusste, was ihn unter dem Geschenkpapier erwartete: eine kratzige Strumpfhose oder ein Bausatz für ein Flugzeug.

Orpheus gab sich einen Ruck: Er streckte die Hand aus und hob vorsichtig den Deckel der Urne an. Innen schimmerte etwas Weißes. Asche? Zuckerwatte? Nein, es roch nicht süß, sondern nach Winter. Der Geruch erinnerte ihn an Mamas Felljacke.

Todesmutig beugte sich Orpheus über die Urne.

»Das ist ein weißer Schal«, stellte er verblüfft fest. »Aus Fell. Soll ich ihn rausholen?«

»Warte kurz.« Jetzt traute sich auch Harald näher ran. »Das mache ich lieber selber.« Er griff in die Urne und zog langsam den Schal heraus. »Den hab ich Janina geschenkt, meiner Exfreundin!«

In Orpheus' Gehirn machte es »klick«. Plötzlich hatte er eine verrückte Idee. »Wie sieht Ihre Freundin aus? Ist sie schlank, hat blonde lange Haare und lackiert sich die Fingernägel?«
Harald nickte erstaunt. »Ja. Woher weißt du das?«
»Ich glaube, ich hab sie gesehen«, erzählte Orpheus aufgeregt. »Sie war bei meinen Eltern und hat etwas gekauft, das sie im Rucksack transportiert hat. Das könnte die Urne gewesen sein! Aber warum schenkt sie Ihnen eine Urne? Weil Sie sich von ihr getrennt haben?«
Harald setzte sich wieder. »Ja, das passt zu ihr. Sie war total wütend, als ich ihr gesagt habe, dass ich sie nicht mehr liebe. Sie wollte es einfach nicht wahrhaben und hat gebrüllt, dass es mir noch leidtun würde.«
»Kurz darauf ist sie Ihnen gefolgt und hat Ihr Auto mit der Nagelfeile zerkratzt und die Reifen zerstochen«, kombinierte Orpheus.
Harald vergrub seinen Kopf in den Händen. »Sie wusste genau, womit sie mich am härtesten treffen konnte. Warum hab ich mich bloß damals in sie verliebt?«
Diese Frage konnte Orpheus leider auch nicht beantworten. Frauen schienen im Gegensatz zu Autos sowieso ein großes Rätsel zu sein. »Ich lasse Sie dann mal besser alleine, oder? Sie wollen diese Janina sicher anrufen und die Sache mit ihr klären.«
Harald nickte traurig. »Ja, das werde ich. Aber die Polizei

werde ich nicht einschalten. Wir können das hoffentlich unter uns regeln.« Er sah Orpheus bewundernd an. »Das hast du großartig gemacht. Du bist ein richtig toller Detektiv. Ich weiß gar nicht, wie ich dir danken soll.«

»Och, da würde mir schon was einfallen.« Orpheus grinste. »Sie haben doch diesen schönen Laden …«

Harald verstand den Wink mit dem Zaunpfahl sofort. »Ja, klar! Such dir was aus.«

Das ließ sich Orpheus nicht zweimal sagen. Zielsicher ging er zum Regal mit den Spielzeugautos und suchte sich einen Sportwagen mit vergrößertem Lufteinlass vorne, tief liegenden Nebelscheinwerfern, beeindruckendem Kühlergrill und Chromleisten oberhalb der Seitenfenster aus. In Knallrot.

Dicke Luft in der Schule

In dieser Geschichte muss sich Detektiv O. ausnahmsweise wieder in den Schüler der dritten Klasse und Linkshänder zurückverwandeln. In seiner Klasse weiß keiner, dass er schon viele gefährliche Verbrecher überführt hat. Nicht mal seinem besten Freund Marvin hat er es bisher erzählt. Marvin ist übrigens ein Meister im Luftanhalten. Er kann so lange die Luft anhalten, bis sein Gesicht erst rot, dann blau wird und die Lehrer ernsthaft überlegen, ob sie den Notarzt rufen müssen. Wenn Marvin dann wieder weiteratmet, sind sie so erleichtert, dass sie keine lästigen Fragen mehr zu seinen Hausaufgaben stellen. Denn die hat Marvin oft vergessen. Doch das ist jetzt sein geringstes Problem. Er gerät nämlich plötzlich in ernsthafte Schwierigkeiten. Nur einer kann ihn aus diesem Schlamassel rausholen: Detektiv O.!

Orpheus stellte einen neuen Rekord auf: Vom Gartentor zu Hause bis zum Drogeriemarkt an der großen Kreuzung brauchte er nur fünf Minuten und sieben Sekunden.
Marvin, der über dem Drogeriemarkt wohnte, stand schon

da und wartete auf ihn. »Na endlich!«, beschwerte er sich. »Du bist megaspät dran.«
»Ich weiß.« Orpheus rang nach Luft. Dann präsentierte er seinem Freund die Stoppuhr in seinem Handy. »Vier Sekunden schneller als sonst. Das musst du mir erst mal nachmachen.«
Marvin war beeindruckt. »Nicht schlecht. Aber jetzt komm, wir müssen los.«
Gemeinsam gingen sie weiter zur Schule. Je näher sie ihrem Ziel kamen, umso schlechter wurde Marvins Laune. Wütend kickte er einen Kieselstein gegen ein Garagentor.
»Was hast du denn?«
Marvin stöhnte. »Da fragst du noch? Heute schreiben wir die blöde Mathearbeit. Mathe ist das Allerletzte. Ich hasse dieses Fach!«
Orpheus fand Mathe gar nicht so doof. Dafür konnte er Religion nicht ausstehen. »Wird schon nicht so schlimm werden«, versuchte er seinen Freund aufzuheitern. »Und wenn gar nichts mehr geht, schreibst du eben von mir ab.«
»Von wegen«, sagte Marvin. »Der Petzold passt auf wie ein Schießhund. Das klappt nie.«
Orpheus konnte ihm schlecht widersprechen. Ihr Mathelehrer schien tatsächlich auch auf dem Hinterkopf Augen zu haben.

Schweigend legten sie das letzte Stück zurück. Orpheus zermarterte sich das Gehirn, wie er Marvin helfen könnte, aber es fiel ihm nichts ein. Die Schulglocke läutete schon, also nahmen sie die Abkürzung über den Rasen.

Plötzlich hörten sie eine scharfe Stimme in ihrem Rücken: »Was fällt euch ein? Geht sofort runter von meinem Rasen!«

Orpheus zuckte zusammen. Na toll. Der blöde Müller hatte ihnen gerade noch gefehlt. Der Hausmeister tat den ganzen Tag nichts anderes, als den Schülern aufzulauern, um sie bei irgendeinem Regelverstoß zu erwischen. Als gäbe es nichts Wichtigeres! Tafelkreiden anspitzen zum Beispiel.

Langsam drehten Orpheus und Marvin sich um und warteten auf die übliche Strafpredigt, aber die fiel diesmal aus. Vor ihnen stand nicht Hausmeister Müller, sondern sein Sohn Frank, ein junger Typ mit dunklem Vollbart. Frank grinste von einem Ohr zum andern. »Ihr seid drauf reingefallen. Das war gut, oder?«

»Ziemlich gut«, musste Marvin zugeben. »Ist dein Vater wieder mal krank?«

Frank nickte. »Er hat sich irgendeinen Magen-Darm-Virus eingefangen. Ich vertrete ihn heute und morgen.«

»Du kannst gern auch länger bleiben«, sagte Orpheus. »Wenn es nach uns geht, für immer und ewig!«

Frank lachte. »Nein danke, ihr wisst ja, ich hab andere Pläne für die Zukunft.« Er schnippte an Marvins rechtem Ohr mit den Fingern und zauberte einen gelben Luftballon hervor. »Wenn ihr Lust habt, könnt ihr in der Pause in meinem Büro vorbeikommen, dann führe ich euch meinen neuesten Trick vor.«

»Klingt gut. Dann bis später!«, rief Marvin.

Er und Orpheus rannten los. Gleichzeitig mit der Religionslehrerin schlüpften sie ins Klassenzimmer. Sie ernteten einen vorwurfsvollen Blick von Frau Schramm, aber das war's auch schon.

In den ersten drei Stunden vor der Pause passierte nichts Besonderes. Sie lernten die Zehn Gebote und hatten später Turnen bei Herrn Graf, der wie immer seine Anweisungen bellte und sie beim Laufen mit der Trillerpfeife durch die Sporthalle trieb.

In der Umkleide hängte Marvin sich den Turnbeutel über die Schulter und schenkte Orpheus sein Pausenbrot. »Ich hab keinen Hunger. Nach der Pause schreiben wir Mathe.«

Wenn Marvin freiwillig seine Lieblingsstulle mit Salami abgab, war das ein Alarmzeichen. »Weißt du was?«, schlug Orpheus vor. »Sag doch dem Graf, dass dir schlecht ist und du nach Hause willst. Das ist nicht mal gelogen.«

Marvin zögerte. »Ich weiß nicht, ob das so eine gute Idee ist …«

»Einen Versuch ist es wert«, bestärkte Orpheus seinen Freund. »Wenn du zusätzlich die Luft anhältst, wirkt es noch dramatischer.«
»Na gut, ich mach's.« Marvin lief schnell dem Turnlehrer nach. Vor dem Ausgang der Turnhalle holte er ihn ein. Orpheus beobachtete die beiden vom Gang aus.
»Ja, was gibt's?«, hörte er Herrn Graf fragen. Er klang nicht besonders freundlich.
Marvin stöhnte: »Mir geht's nicht so gut.«
»Ach ja? Was hast du denn?«
»Bauchweh«, sagte Marvin mit Leidensstimme. »Und der Kopf tut mir auch weh.«
Als Herr Graf immer noch nicht reagierte, entstand eine Pause. Orpheus zählte leise bis zwölf. Jetzt war Marvins Gesicht rot angelaufen.
Der Turnlehrer wartete nicht, bis es blau wurde. »Marvin, gib dir keine Mühe, ich kenne deinen Trick. Dir fehlt überhaupt nichts.«
Orpheus lief zu den beiden hin. »Aber ihm ist wirklich schlecht!«, verteidigte er seinen Freund. »Er kann nicht mal sein Pausenbrot essen.«
Herr Graf wedelte mit der Hand, als wollte er lästige Fliegen verscheuchen. »Papperlapapp. Ihr geht jetzt beide raus auf den Pausenhof, habt ihr verstanden?«
Die Ansage war eindeutig. Orpheus und Marvin zogen ab.

»Ich wusste, dass es nicht funktionieren würde«, sagte Marvin.
»Trotzdem war es gut, dass du es versucht hast.« Orpheus klopfte ihm auf die Schulter. »Hey! Du schaffst Mathe schon, ich drück dir ganz fest die Daumen. Jetzt lass uns zu Frank gehen. Das wird bestimmt wieder lustig und lenkt dich ab.«
Sie rannten zum Hauptgebäude. Normalerweise war das Büro von Hausmeister Müller im zweiten Stock superordentlich. Doch sobald er von seinem Sohn vertreten wurde, brach das kreative Chaos aus. Auch diesmal lagen auf dem Schreibtisch wild durcheinander geheimnisvolle Zauberutensilien: magische Spielkarten, Kerzen, bunte Tücher und ein schwarzer Zylinder.
Frank breitete lächelnd die Arme aus. »Ah, da seid ihr ja! Kommt mit rüber nach nebenan.« Er führte sie in die Lehrerküche, einen kleinen, hellen Raum zwischen dem Hausmeister-Büro und dem Lehrerzimmer.
Frank nahm eine leere Sprudelflasche aus dem Kühlschrank. »Tatatataaa!« Er kramte mit der anderen Hand in den ausgebeulten Taschen seines grauen Arbeitskittels und holte eine 10-Cent-Münze heraus. »Wetten, dass ich die Münze hier zum Springen bringen kann?«
Marvin krauste die Nase. »Glaub ich nicht.«
»Dann pass gut auf!« Frank stellte die Sprudelflasche auf den Esstisch und legte das Geldstück auf den Flaschen-

Putzplan
murmel
Murmel
murmel
Geschirr

hals. Danach umfasste er mit beiden Händen die Flasche und murmelte einen Zauberspruch.
Orpheus riss die Augen auf. Plötzlich bewegte sich die Münze wie von Geisterhand. Sie sprang vom Flaschenhals!
»Wie geht das denn?«, wollte er wissen.
Frank fing die Münze geschickt auf. »Ich bin doch nicht so blöd und verrate meinen besten Zaubertrick.«
Da läutete die Schulglocke, die Pause war zu Ende.
Frank seufzte. »Schade! Ich wollte euch eigentlich noch einen Trick zeigen, aber ich glaube, ihr solltet jetzt besser verschwinden. Nicht dass ihr wegen mir Ärger mit eurem Lehrer bekommt.«
Orpheus und Marvin verabschiedeten sich und machten sich auf den Weg ins Klassenzimmer ein Stockwerk tiefer.
Auf der Treppe blieb Marvin plötzlich stehen und rief: »Ich hab meinen Turnbeutel oben vergessen. Geh schon mal vor, ich komme nach.«
»Alles klar«, sagte Orpheus.
Kurz darauf kickte Marvin seinen Turnbeutel unter die Bank und raunte Orpheus zu: »Stell dir vor, wen ich auf dem Gang getroffen hab, als ich mit meinem Beutel aus der Lehrerküche kam: ausgerechnet den Petzold! Der hat mich angesehen, als ob ich ein rosa Kaninchen wäre!«

Orpheus prustete los. »Ich seh ihn richtig vor mir. Das heißt, er wird gleich hier sein.«
Die Klasse wartete, aber Herr Petzold kam merkwürdigerweise nicht. Stattdessen heulte plötzlich eine Sirene los.
»Feuer!«, rief Sandra, ein Mädchen aus der ersten Reihe, erschrocken.
Orpheus erinnerte sich an die letzte Feuerübung. »Wir müssen raus hier, sofort! Lauft auf den Schulhof!«
Aufgeregt rannten alle zur Tür. Es gab ein großes Gedränge. Trotzdem schafften sie den Weg ins Freie erstaunlich schnell. Draußen auf dem Hof sammelten sich auch die Schüler und Lehrer der anderen Klassen.
Alle riefen aufgeregt durcheinander: »Was ist passiert?« – »Es brennt.« – »Wo denn?« – »Keine Ahnung.« – »Ist das Feuer schon gelöscht?« – »Wissen wir nicht, aber ich hab keinen Rauch gesehen.«
Herr Graf blies in seine Trillerpfeife. »Beruhigt euch! Es ist alles in Ordnung, ihr seid in Sicherheit. Bitte stellt euch klassenweise in Zweierreihen auf.«
Als einigermaßen Ruhe eingekehrt war, berichtete Frau Schramm: »Es gab einen Brand in der Lehrerküche, aber Herr Graf hat die Flammen mit dem Feuerlöscher sofort in den Griff bekommen.«
»Wurde jemand verletzt?«, erkundigte sich ein Mädchen aus der Vierten.

Der Turnlehrer schüttelte den Kopf. »Nein, zum Glück nicht. Alle sind gesund. Und ihr habt den Rest der Stunde frei und könnt euch hier auf dem Schulhof von dem Schreck erholen.« Dann schaute er sich suchend um. »Marvin? Der Rektor will dich sprechen. Er erwartet dich in seinem Büro.«

Alle Köpfe drehten sich zu Orpheus' Freund.

»Mich??« Marvin wurde rot, obwohl er diesmal nicht die Luft anhielt. »Warum das denn?«

Herr Graf machte ein undurchdringliches Gesicht. »Das wird er dir selbst erzählen.«

Orpheus flüsterte: »Viel Glück! Er wird dir schon nicht den Kopf abreißen.«

Marvin antwortete nicht. Wie ein ferngesteuerter Roboter machte er sich auf den Weg ins Hauptgebäude.

Was in aller Welt wollte der Rektor von Marvin? Orpheus hätte viel darum gegeben, das zu erfahren. Dann hätte er seinem Freund vielleicht helfen können.

Er erfuhr es schneller als gedacht: Keine zehn Minuten später kehrte Marvin zurück. Er war völlig fertig.

»Komm, wir gehen zur alten Kastanie rüber«, schlug Orpheus vor. Dort konnten sie in Ruhe reden.

Stockend erzählte Marvin von seinem Gespräch mit dem Rektor. »Bei dem Feuer sind die Blätter für unsere Mathearbeit verbrannt. Die lagen auf dem Esstisch in der Lehrerküche. Dort hatte der Petzold sie vergessen, als er sich einen Kaffee geholt hat. Jetzt glauben sie, ich hätte das Feuer gelegt, weil ich kurz vorher in der Küche war und die Arbeit nicht mitschreiben wollte. Dabei hab ich die Blätter gar nicht gesehen!«

Orpheus traute seinen Ohren nicht. »Spinnen die? Du bist doch kein Brandstifter!«

»Pssst!«, zischte Marvin. »Die anderen müssen das nicht gleich mitkriegen. Natürlich hab ich das Feuer nicht gelegt, aber ich war leider zum falschen Zeitpunkt am falschen Ort.«

»Na und? Das ist doch kein Verbrechen«, regte Orpheus sich auf. »Wie sollst du das denn überhaupt geschafft haben?!«

Marvin vergrub seine Hände in den Hosentaschen. »Das wissen die auch nicht, aber sie wollen das genau untersuchen. Der Rektor hat meine Eltern angerufen und morgen Nachmittag gibt es eine offizielle Befragung. Danach wird entschieden, ob ich einen Verweis bekomme.«

»Das können die nicht machen!« Orpheus wurde immer wütender. »Das werde ich verhindern. Niemand bestraft meinen Freund, ohne Beweise zu haben, dass er schuldig ist.«

Marvin lächelte zum ersten Mal wieder. »Danke, Orpheus, das ist nett von dir. Aber was kannst du schon groß machen? Die sind erwachsen und stärker als wir.«

»Von wegen!« Orpheus beschloss, dass jetzt der richtige Zeitpunkt war, um Marvin einzuweihen. Er senkte seine Stimme zu einem Flüsterton: »Ich muss dir was sagen. Ich bin seit einiger Zeit in geheimer Mission unterwegs, als Detektiv O. Und ich hab schon mehrere Fälle gelöst. Meine Erfolgsquote liegt bei hundert Prozent.«

Marvin machte große Augen. »Echt? Das ist ja cool!« Doch dann verdüsterte sich sein Blick wieder. »Du meinst wirklich, du kannst mir helfen?«

Orpheus nickte. »Und ich lege auch gleich damit los, bevor wir wieder in den Unterricht müssen. Du kannst mir vertrauen!«

Nachdem er Marvin Mut gemacht hatte, schlich er sich heimlich in die Lehrerküche, um nach Spuren zu suchen. Er fand den Tatort leer vor. Obwohl alle Fenster weit geöffnet waren, hing immer noch ein leichter Brandgeruch in der Luft.

Orpheus musste husten. Dann sah er sich um. Der Esstisch war immer noch feucht. Die Stelle, wo das Feuer ausgebrochen war, konnte man unschwer erkennen. Dort wölbte sich die weiße Beschichtung des Tischs in kleinen Wellen nach oben. Orpheus zog die kleinste seiner drei Lupen, die er jetzt immer bei sich trug, aus der Hosentasche. Sorgfältig untersuchte er den Tisch.

»Was haben wir denn da?« Mit dem Fingernagel kratzte er vorsichtig über die Oberfläche. »Da sind ja Wachstropfen!« Weil es sich um weißes Wachs handelte, das sich von der Farbe des Tisches kaum abhob, konnte man es nur schwer erkennen.

Orpheus wunderte sich. Warum zündete jemand im Hochsommer eine Kerze an? Die Wachstropfen mussten frisch sein, denn die Lehrerküche wurde bestimmt täglich von den Putzleuten gereinigt.

Vorsichtig löste er das Wachs mit seinem Taschenmesser ab und sicherte es in einem Plastiktütchen. Dann machte er sich aus dem Staub. Der Unterricht ging bald weiter, und er wollte nicht zu spät kommen.

Auf dem Flur stieß er mit dem Sohn des Hausmeisters zusammen.

»Hallo«, sagte Frank. »Ich hab jetzt leider keine Zeit für dich, aber wir sehen uns später. Tschüss!«

Orpheus sah ihm verwundert hinterher. Der hatte es aber eilig!

Frank hatte die Tür zu seinem Büro offen gelassen. Plötzlich juckte es in Orpheus' Fingern. Er musste an den Zaubertrick mit der springenden Münze denken. Ob er mal ganz kurz reinschauen sollte?

Die Neugier siegte über das schlechte Gewissen. Orpheus schlich ins Büro und suchte nach der Sprudelflasche, konnte sie aber in dem Durcheinander auf dem Schreibtisch nicht finden. Dafür entdeckte er eine Schachtel Streichhölzer und zwei Kerzen – eine rote und eine weiße.

In seinem Kopf setzte sich plötzlich ein abwegiger Gedanke fest. Konnte es sein …?
Orpheus holte die Wachsprobe aus dem Plastiktütchen und hielt sie neben die weiße Kerze. Die Farbe sah genau gleich aus! Aber das bedeutete ja … Orpheus schluckte. War Frank etwa der Brandstifter?
»Wühlst du öfter in fremden Sachen?« Auf einmal stand der Sohn des Hausmeisters in der Tür. Orpheus war so in Gedanken gewesen, dass er seine Schritte nicht gehört hatte.
»Tut mir leid«, sagte er. »Ich war neugierig wegen dem Zaubertrick – und da hab ich diese Kerzen gefunden. Bitte krieg das jetzt nicht in den falschen Hals, aber ich muss dich was fragen: Hast *du* das Feuer in der Lehrerküche gelegt?«
Frank lehnte sich mit dem Rücken gegen die Wand. Er sah müde aus und erschöpft. »Das war keine Absicht. Ich wollte einen neuen Zaubertrick mit zwei Kerzen ausprobieren. Dann hat plötzlich das Telefon im Büro geklingelt. Ich bin schnell rüber und dabei muss ich aus Versehen eine Kerze umgestoßen haben.«
Orpheus schnappte empört nach Luft. »Weißt du, dass der Rektor Marvin verdächtigt?«
Frank nickte. »Ja, aber das hab ich erst mit Verspätung gehört. Es tut mir total leid. Ich war gerade beim Rektor und hab ihm alles gestanden. Er wird sich bei Marvin und

seinen Eltern entschuldigen. Und ich werde das natürlich auch tun.«
Orpheus stöhnte. »Mann, Mann! Eigentlich müsste ich jetzt total sauer auf dich sein. Du hast meinen Freund in große Schwierigkeiten gebracht.«

»Ihr habt auch das Recht, sauer auf mich zu sein, du und Marvin.« Frank lächelte verlegen. »Aber wenn ihr mir irgendwann verziehen habt, würde ich es gerne wieder gutmachen.«

»Wie denn?«, wollte Orpheus wissen.

Frank zauberte eine 10-Cent-Münze zwischen seinen Fingern hervor. »Der Trick mit den Kerzen ist zu gefährlich, um ihn weiterzugeben, das haben wir ja jetzt gesehen. Aber den Trick mit der springenden Münze, den verrate ich euch gern!«

»Komisch«, sagte Orpheus. »Plötzlich bin ich gar nicht mehr sauer.«

Das geheimnisvolle Bett

Auf die eigene Familie kann man sich verlassen, heißt es immer so schön. Von wegen! In dieser Geschichte hat Detektiv O. es mit Leuten zu tun, die vor nichts zurückschrecken und denken, dass sie damit ungestraft davonkommen. Aber sie haben nicht mit Detektiv O. gerechnet. Ein ganz großer Fehler!

Eine Woche später saß Orpheus in seinem Detektivbüro und sortierte Schokolinsen nach Farben. Auf der Holzplatte seines Sekretärs lagen in einer Reihe fünfzehn weiße Linsen und daneben sieben rosa Linsen. Ob das wohl irgendetwas zu bedeuten hatte? Da klingelte sein Handy.

Eine unsichere Frauenstimme meldete sich: »Bin ich hier richtig bei Detektiv O.?«

»Goldrichtig«, sagte Orpheus. »Was kann ich für Sie tun?«

»Ich hab Ihren Handzettel aus dem Wartezimmer des Beerdigungsinstituts. Da war ich, weil mein Mann gerade erst gestorben ist.« Die Frau schniefte, dann murmelte

sie: »Man hat mich bestohlen! Jemand hat etwas aus meinem Speicher geholt. Es muss letzte Woche passiert sein, als ich lange am Grab war. Da lag mein Mann gerade mal drei Tage unter der Erde!« Sie schluchzte auf.
Aus Versehen fegte Orpheus drei weiße Schokolinsen von der Tischplatte. »Das hört sich ja schrecklich an. Bitte beruhigen Sie sich, ich werde Ihnen helfen. Wo wohnen Sie denn? Ich komme sofort.«
»Danke, das ist nett.« Die Frau nannte ihren Namen und die Adresse.
Orpheus kritzelte sich alles auf seinen Handrücken. »Hab verstanden. Bin schon unterwegs.«

Eine halbe Stunde später hatte er sein Ziel erreicht: ein kleines, hübsches Haus am Stadtrand. Efeu kletterte an der Außenmauer hoch und im Vorgarten blühte ein Meer aus bunten Hortensien. Es gab keine Klingel, sondern einen altmodischen Klopfer aus Messing.
Eine ältere Dame machte auf. Sie hatte ihre grauen Haare zu einem Knoten zusammengefasst, trug ein Sommerkleid und Wollstrümpfe. In der Hand hielt sie einen Stock.
»Hallo, Frau Bremer«, sagte Orpheus. »Da bin ich, wie versprochen!«
Die Frau sah ihn verwirrt an. »Äh … und wo ist Detektiv O.? Ist das dein Vater?«

»*Ich* bin Detektiv O.« Er zeigte seinen Detektivausweis. »Keine Sorge. Ich habe schon mehrere Fälle gelöst und bin sehr erfolgreich.«

Frau Bremer war verdutzt. »Na, so was! Aber warum eigentlich nicht, du bist bestimmt ein cleverer Junge. Mein Sohn hatte auch mal einen Detektivclub, als er noch klein war. Komm doch rein.«

Sie führte ihn in ein Wohnzimmer mit einer gemütlichen Sofaecke aus dunkelgrünem Plüsch. Auf der Kommode standen mehrere gerahmte Fotos der Familie. Eins der Bilder war mit einem schwarzen Trauerband versehen. Ein älterer Mann mit wenig Haaren und vielen Lachfalten rund um die Augen blickte verschmitzt in die Kamera.

»Das war mein Robert, so ein lieber, herzensguter Mensch!«, seufzte Frau Bremer. »Er hatte Krebs und war lange krank. Die letzten Wochen konnte er nicht mehr richtig sprechen. Er hat Wörter miteinander verwechselt oder sie sind ihm gar nicht mehr eingefallen. Sogar die Namen seiner Kinder wusste er teilweise nicht mehr …«

Orpheus nickte mitfühlend. »Tut mir sehr leid, dass Ihr Mann gestorben ist. Das ist bestimmt schwer für Sie.«

»Ja.« Frau Bremer bot Orpheus einen Platz auf dem Sofa an und setzte sich ihm gegenüber. Sie schenkte aus einem Krug Orangensaft in zwei Gläser. »Ich bin traurig, aber auch froh. Er hat es geschafft. Jetzt muss er nicht

mehr leiden. Und ich bin sicher, wir werden uns eines Tages wieder treffen, in einem wunderschönen, sonnigen Garten im Himmel.« Auf einmal leuchtete ihr Gesicht.
Orpheus wurde warm ums Herz. »Das klingt gut.« Er musste an den Orpheus aus der griechischen Sage denken und an die düstere, kalte Unterwelt. Da gefiel es ihm tausendmal besser, wie Frau Bremer sich das Leben nach dem Tod vorstellte.
»Können wir über den Diebstahl reden?« Er holte seinen Notizblock aus dem Rucksack und zückte den Kugelschreiber.
Frau Bremer nickte. »Ich muss aber ein bisschen ausholen. Also, kurz vor seinem Tod ist mein Mann noch mal durchs ganze Haus gegangen, um sich von allen Möbeln, Bildern und Gegenständen zu verabschieden, die wir im Laufe unseres Lebens gesammelt haben. Ganz am Schluss war er auf dem Speicher. Er blieb ziemlich lang dort oben. Ich wollte schon nachsehen, ob alles in Ordnung ist, als er ganz aufgeregt herunterkam.« Sie seufzte. »Zu dem Zeitpunkt war er schon nicht mehr richtig klar im Kopf. ›Du musst es holen!‹, hat er zu mir gesagt. – ›Was denn?‹, hab ich gefragt. – ›Das Bett!‹, hat er geantwortet.«
Orpheus hörte kurz auf mit dem Schreiben und runzelte die Stirn. »Welches Bett?«
Frau Bremer trank einen Schluck Orangensaft. »Ach, er

meinte dieses uralte Bett, das ich von meinem Großvater geerbt habe. Erst wollten wir es als Gästebett benutzen, aber der Lattenrost und das Fußteil waren kaputt. Die Reparatur hätte sich nicht gelohnt. Wegwerfen wollten wir es aber auch nicht, also ist es auf dem Speicher gelandet.«

»Und dieses Bett wurde gestohlen?«, hakte Orpheus nach. »Alles klar. Bitte beschreiben Sie es möglichst genau.«

Das fiel Frau Bremer nicht schwer. »Es ist über hundert Jahre alt, nicht ganz einen Meter breit und aus Kirschholz. Am auffälligsten ist das Kopfteil: Es besteht aus einem geschnitzten Löwen.«

Orpheus schrieb eifrig mit. »Ein Löwe …«, murmelte er. »Ungewöhnlich!«

»Genau«, sagte Frau Bremer. »Eigentlich hat uns das Bett nie besonders gefallen, und wertvoll ist es auch nicht. Trotzdem muss es einen Grund geben, warum mein Mann plötzlich so versessen darauf war. Er hat dauernd davon gesprochen, auch unseren Kindern, Paul und Anne, hat er davon erzählt, wenn sie zu Besuch kamen. Aber wir haben nicht herausgefunden, warum es ihm plötzlich so wichtig war. Vor lauter Aufregung haben ihm im entscheidenden Moment immer die richtigen Worte gefehlt.«

Die Luft im Haus war ziemlich stickig, weil alle Fenster geschlossen waren. Auf einmal hatte Orpheus Durst. Er trank den Orangensaft in einem Zug aus. »Vielleicht hat

Ihr Mann irgendetwas in dem Bett entdeckt? Einen Sack mit Goldmünzen zum Beispiel, von einem Piratenschiff oder so.«

Frau Bremer musste lachen. »Du kommst auf Ideen! Aber wer weiß … Jedenfalls möchte ich es gerne zurückhaben, denn irgendwie ist es jetzt eine Erinnerung an meinen Robert.«

Dann erzählte sie, dass sie an diesem Morgen auf den Speicher gegangen war, um ein paar Sachen ihres Mannes wegzupacken. Bei der Gelegenheit hatte sie entdeckt, dass das Bett fehlte. »Es muss letzte Woche gestohlen worden sein, als ich so lange am Grab von meinem Robert war.«

Orpheus fragte weiter nach. Es gab keine Einbruchspuren an der Haustür. »Also muss der Täter einen Schlüssel gehabt haben«, kombinierte er.

»Ja, stimmt.« Frau Bremer wurde nachdenklich. »Daran hab ich noch gar nicht gedacht. Anne und Paul haben natürlich die Schlüssel vom Haus, aber sonst ja niemand … O nein!« Sie sah Orpheus entsetzt an.

Er räusperte sich. »Tut mir leid, aber Ihr Sohn und Ihre Tochter sind damit beide verdächtig. Sie hatten einen Schlüssel und sie wussten von dem Bett.«

»Aber meine eigenen Kinder …« Frau Bremer schüttelte immer wieder ungläubig den Kopf. »Die würden mich doch nicht bestehlen!«

Orpheus war sich da nicht so sicher. Wenn es um Geld ging, spielten die Leute oft verrückt.
Nachdem er noch ein paar Fragen gestellt hatte, ließ er sich den Speicher zeigen. Dort stapelten sich alte Zeitschriften, Polstersessel, eine quietschgelbe Einbauküche, ein Schaukelpferd und andere Spielsachen. Nur eine Stelle in der Mitte des Speichers war frei. Auf dem staubigen Boden konnte man einen rechteckigen Umriss erkennen. Hier hatte das Bett gestanden.
Orpheus machte mit seinem Handy Fotos vom Tatort und ließ sich die Adressen von Frau Bremers Kindern geben.
»Aber bitte sei nett zu ihnen«, sagte Frau Bremer beim Abschied.
Orpheus grinste. »Klar. Ich hoffe nur, sie sind auch nett zu mir!«

Am nächsten Tag radelte er nach der Schule zum Haus von Frau Bremers Sohn. Der schien ziemlich reich zu sein, jedenfalls wohnte er in einer großen Villa mit riesigem Garten und Doppelgarage. Auf der Straße parkte ein dunkelblauer Transporter, vor dem zwei Männer standen. Einer hatte einen teuren Anzug an, der andere trug Jeans, Pulli und Turnschuhe. Der Anzug-Typ musste Paul Bremer sein.
»Hallo«, sagte Orpheus und tat so, als wäre er rein zu-

fällig vorbeigekommen. »Tolle Villa! Sieht cool aus.« Er zeigte auf den Transporter. »Ziehen Sie gerade um?«
Herr Bremer hob lächelnd den Kopf. »Freut mich, dass dir mein Haus gefällt. Nein, ich ziehe nicht um. Ich hab nur gerade ein paar Sachen entrümpelt, weil wir uns Schlafzimmermöbel besorgt haben.«
Orpheus wurde sofort hellhörig. Und er hatte einen Plan. Scheinbar nervös trat er von einem Fuß auf dem andern und verzog gequält das Gesicht. »Ich muss ganz dringend … Kann ich bei Ihnen aufs Klo gehen?«
»Klar«, sagte Herr Bremer. »Wenn du reinkommst, die Treppe hoch und die erste Tür geradeaus.«
Orpheus flitzte los. Das war ja einfacher gewesen, als er gedacht hatte. Denn natürlich musste er gar nicht aufs Klo, das war nur eine Ausrede gewesen.
Im ersten Stock klapperte er blitzschnell alle Türen ab. Bei der dritten hatte er Glück: Dahinter befand sich das Schlafzimmer. Zwei Betten standen darin. Sie waren weiß lackiert und so neu, dass sie noch nach Möbelhaus rochen. Mit einem uralten, dunklen Löwenbett hatten sie nichts gemeinsam. Enttäuscht kehrte Orpheus wieder um.
Als er aus dem Haus kam und durch den weitläufigen Vorgarten zur Straße ging, hörte er es plötzlich rascheln. Ein Busch in der Nähe des Eingangs bewegte sich leicht hin und her. »Ist da jemand?«, fragte Orpheus.

Niemand antwortete. Doch dann raschelte es wieder und eine schwarz gekleidete Gestalt tauchte hinter dem Busch auf. Sie sah sich nur kurz nach Orpheus um, dann verschwand sie um die Ecke.

Wer das wohl gewesen war? Das Gesicht hatte Orpheus leider nicht erkennen können, denn die verdächtige Person hatte eine Schirmmütze tief in die Stirn gezogen. Er überlegte, ob er ihr nachlaufen sollte, aber dann fiel ihm ein, dass Herr Bremer bestimmt schon auf ihn wartete und misstrauisch werden würde, wenn er nicht auftauchte.

Also ging er weiter zur Straße und winkte Paul Bremer zum Abschied zu. »Vielen Dank!« Schon wollte er sich wieder aufs Rad schwingen, als sein Blick zufällig in den Innenraum des Transportes fiel. Das durfte ja wohl nicht wahr sein! Dort stand ein altes Bett mit einem Löwen am Kopfteil.

Jetzt musste Orpheus sein Geheimnis lüften und Klartext reden. »Dieses Bett, das haben Sie vom Speicher Ihrer Mutter geklaut!«

Die Kinnlade von Herrn Bremer klappte nach unten. »Wie bitte? Woher willst du das denn wissen?«

»Ich bin Detektiv und arbeite für Ihre Mutter«, antwortete Orpheus selbstbewusst.

Herr Bremer verzog seinen Mund. »Ja, klar! Selten so gelacht. Aber ich kann dich beruhigen: Das hier ist kein

Diebstahl.« Er zeigte auf das Bett. »Das alte Ding ist völlig wertlos, ich hab mich persönlich davon überzeugt. Und meine Mutter braucht es nicht mehr. Ich tue ihr nur einen Gefallen und sorge dafür, dass es auf den Sperrmüll kommt.«

Orpheus blieb hartnäckig. »Aber sie weiß nichts davon, oder? Also ist es doch Diebstahl.«

»Du gehst mir auf die Nerven, Kleiner!«, stöhnte Herr Bremer. »Ich muss das nicht extra mit ihr absprechen. Mama mochte das Bett noch nie. Und außerdem sind das Familienangelegenheiten. Die gehen dich überhaupt nichts an.«

Orpheus verschränkte die Arme vor der Brust. »Das sehe ich anders!«

»Ach, denk doch, was du willst!« Herr Bremer drehte sich einfach um und unterhielt sich wieder mit dem Mann im Pulli.

Orpheus trommelte mit den Fingern aufs Lenkrad. Was sollte er jetzt machen?

Der Mann im Pulli nahm ihm die Entscheidung ab. Er verabschiedete sich von Herrn Bremer, stieg in den Transporter und fuhr los. Orpheus setzte sich sofort aufs Rad und nahm die Verfolgung auf. Das Bett durfte nicht auf dem Sperrmüll landen! Er musste es retten und irgendwie zu Frau Bremer zurückbringen.

Der Fahrer fuhr auf kleinen Seitenstraßen in Richtung

Osten. Zum Glück gab es auf der Strecke viele Ampeln, so dass Orpheus immer wieder aufholen konnte.
An einer Kreuzung schoss plötzlich ein Van um die Ecke und versperrte dem Transporter den Weg. Orpheus bremste ab und versteckte sich mit seinem Rad hinter einer Litfaßsäule.
Der Fahrer des Transporters ließ das Fenster herunter. »He, was soll denn das?«
Eine schwarz gekleidete Gestalt mit Schirmmütze sprang aus dem Van und lief zu ihm hinüber. »Mach sofort den Laderaum auf!«
Damit hatte Orpheus nicht gerechnet: Die Person mit der Schirmmütze war eine Frau!
Und sie hatte einen ziemlich harten Ton drauf. »Wird's bald? Mach auf! Ich will das Bett haben. Du wirst mir helfen, es umzuladen.«
»Ach, und warum sollte ich so was tun?«, fragte der Fahrer.
Die Frau sah ihn scharf an. »Das Bett gehört unserer Familie und ich will es haben! Mein Bruder kann es nicht einfach so entsorgen lassen!«
»Von mir aus.« Der Fahrer zuckte mit den Schultern. »Ist mir ganz recht so. Dann spare ich mir die Fahrt zum Sperrmüll.« Er stieg aus und marschierte zum Laderaum.
Orpheus filmte von seinem Versteck aus mit dem Handy,

wie die beiden das Bett in den Van umluden. Danach setzte sich die Schwester von Herrn Bremer wieder hinters Steuer und brauste davon.

Orpheus strampelte keuchend hinterher. Fünf Straßen weiter legte der Van eine Vollbremsung hin, so dass Orpheus beinahe auf ihn draufgeknallt wäre. Gerade noch rechtzeitig riss er den Lenker herum und bog in eine Seitenstraße ab. Von dort aus nahm er das Haus ins Visier, in das die Frau verschwand. Kurz darauf kam sie mit einem Mann zurück und öffnete den Kofferraum des Vans.

»Das ist nicht dein Ernst, Schatz!«, sagte der Mann. »Was willst du denn mit dem Schrott? Das alte Bett kommt mir nicht ins Haus!«

Seine Frau ließ sich nicht aus der Ruhe bringen. »Dieses Bett ist ein Erbstück meiner Familie. Und du kannst dich gleich wieder abregen. Es kommt in unseren Schuppen. Los, steh nicht so dumm rum und pack mit an!«

Die beiden trugen das Löwenbett zu einem kleinen Häuschen im Garten. Orpheus wagte sich näher heran und beobachtete, wie die Frau den Schuppen absperrte und den Schlüssel unter einem Blumentopf versteckte. Dann verschwanden sie und ihr Mann im Haus.

Orpheus wartete, bis er durchs Küchenfenster erkennen konnte, dass die beiden damit beschäftig waren, etwas zu kochen. Geduckt schlich er zum Schuppen, nahm sich den Schlüssel und sperrte auf.

Im Dämmerlicht sah der Löwe richtig gefährlich aus. »Schau nicht so grimmig!«, murmelte Orpheus, zog seine Lupe aus der Hosentasche und untersuchte das Bett von oben bis unten.
Das alte Holz müffelte und war an manchen Stellen ganz rau. Der Lattenrost war tatsächlich kaputt. Vorsichtig strich Orpheus mit den Fingern an den brüchigen Holzbrettern entlang. Plötzlich entdeckte er eine kleine Vertiefung, in die seine Hand genau hineinpasste. Es war wie ein Griff. Als er daran zog, klappte der Lattenrost nach oben und ein Hohlraum tauchte auf.
Orpheus stockte der Atem. »Ein doppelter Boden!«
Und in dem Hohlraum lag etwas: ein Bild in einem verschnörkelten, goldenen Rahmen. Ein Ölgemälde! Mit dicken, schwungvollen Pinselstrichen hatte der Maler ein Boot gemalt. Zwei Männer saßen darin. Der eine ruderte, der andere beugte sich mit dem Oberkörper über den Bootsrand und betrachtete sein Spiegelbild im Wasser. Das Gemälde war ganz in Blau und Silber gehalten. Das Wasser, das sich in kleinen Wellen kräuselte, wirkte so echt, dass Orpheus es fast leise plätschern hörte.
Orpheus war so fasziniert, dass er nicht bemerkte, wie sich leichte, eilige Schritte näherten.
Doch dann ging die Tür auf und die Tochter von Frau Bremer kam herein. »Hab ich mich also nicht getäuscht! Da hat sich jemand im Garten versteckt. Wer bist du und

was machst du hier?« Ihr wütendes Gesicht verklärte sich, als sie den offenen Bettkasten und das Ölgemälde entdeckte. »Ich wusste, dass in dem alten Teil etwas Wertvolles versteckt ist. Danke, Kleiner, dass du es für mich entdeckt hast. Jetzt darfst du gerne nach Hause gehen, ich brauche dich nicht mehr.«
Aber Orpheus ließ sich nicht einfach so wegschicken. »Sie haben das Bett von Ihrem Bruder gestohlen, und der hat es vom Speicher Ihrer Mutter geklaut. Das Bett und das Ölgemälde gehören Ihnen nicht. Sie werden es Ihrer Mutter zurückgeben!«
Die Diebin sah ihn belustigt an. »Ich denke gar nicht da-

ran. Ich werde das Bett entsorgen und das Bild zu einem sehr guten Preis verkaufen. Du kannst mir nämlich gar nichts beweisen.«

»O doch!«, widersprach Orpheus und zückte sein Handy. »Ich habe gefilmt, wie Sie das Bett aus dem Transporter in den Van umgeladen haben. Dieses Video werde ich Ihrer Mutter zeigen. Und der Polizei.«

Beim Wort »Polizei« zuckte die Frau zusammen. »Nein, tu das nicht! Ich hatte schon mal Probleme mit der Polizei, das reicht mir.« Sie kaute nervös an ihren Fingernägeln. Dann fasste sie einen Entschluss. »Du hast gewonnen. Ich werde das Bett und das Bild meiner Mutter zurückbringen.«

Orpheus nickte. »Das hört sich schon viel besser an. Ich werde Sie begleiten, damit das Bett unterwegs nicht wieder verloren geht.«

Die Wahrheit

Bitte setzt euch, bevor ihr diese Geschichte lest. Sie beginnt nämlich ganz schön rasant. Orpheus muss seinem Namen alle Ehre machen und jemanden retten. Doch dann geht es erst richtig los: Ein verzwickter Fall wartet auf ihn, der ihn richtig lange beschäftigt. Als erfolgreicher Detektiv O. hat er ja schon einige Erfahrungen gesammelt, aber hier wird er mehr als einmal überrascht und muss völlig umdenken. Bis zum Ende weiß Orpheus nicht, ob er die Wahrheit aufdecken kann. Falls es überhaupt so etwas wie Wahrheit gibt …

Orpheus schlenkerte mit dem leeren Einkaufskorb und pfiff vor sich hin, als er den kühlen Supermarkt an der Ecke betrat. Auf dem kurzen Weg von daheim bis hierher war sein T-Shirt schweißnass geworden und klebte jetzt am Rücken. Trotzdem war er gut gelaunt. Heute war der heißeste Tag des Jahres: 35 Grad im Schatten. Und Mama hatte die beste Idee des Jahres gehabt: Zum Mittagessen sollte es Eis geben.
Orpheus entschied sich für eine Großpackung Vanille

mit Schoko und Keks. Als er aus dem Supermarkt kam, raste jemand auf dem Fahrrad an ihm vorbei. Es war Luca, ein Junge aus seiner Parallelklasse.

Mann, fährt der schnell, dachte Orpheus noch, *und das bei der Hitze. Wenn das mal gut geht.*

Es ging nicht gut. Als Luca in die Spielstraße einbiegen wollte, erwischte er mit seinem Vorderrad eine holprige Stelle. Das Rad blieb hängen, der Lenker rutschte ihm aus den Händen und eine unsichtbare Schleuderkraft hob ihn aus dem Sattel. Luca flog über den Lenker, mit dem Fahrradhelm voraus, hoch hinauf und dann abwärts.

Orpheus ließ seinen Einkaufskorb fallen und rannte los. Das Rad krachte zuerst auf den Asphalt. Sekunden später erwischte es Luca.

Orpheus konnte den Sturz zwar nicht verhindern, aber er war sofort zur Stelle. »Hast du dich verletzt? Kannst du aufstehen? Komm, du musst weg von der Fahrbahn!«

Luca antwortete nicht, er stöhnte nur. Dann rappelte er sich hoch und versuchte auf die Beine zu kommen, aber die wackelten total. Orpheus griff ihm unter die Arme und führte ihn zu einer Bank am Straßenrand. »Geht's wieder einigermaßen?«

Luca ächzte. Er rieb seine aufgeschürften Knie, aber er konnte Arme und Beine gut bewegen. Seine Knochen schienen heil geblieben zu sein. Jetzt nahm er den Fahrradhelm ab. »Mir geht's super, nur keine Panik.«

Orpheus nickte zufrieden. Luca brachte wieder einen anständigen Satz heraus. Das war ein gutes Zeichen. Also ließ er ihn kurz allein, um das Fahrrad von der Straße zu schaffen. Dann holte er seinen Korb mit dem Eis und Lucas Tasche, die sich beim Sturz vom Gepäckträger gelöst hatte und in den Dreck gefallen war.

Als er das erledigt hatte, fragte er: »Hey, wolltest du dich umbringen, oder was?«

Luca probierte ein Grinsen aus, das eher wie eine Grimasse rüberkam. »Eigentlich nicht. Ich wollte nur schnell …«, er stockte, »… irgendwohin. Ich kann mich nicht mehr erinnern.«

»Aber deinen Namen weißt du schon noch«, bemerkte Orpheus trocken. »Und wo du wohnst.« Im nächsten Augenblick bereute er es.

Denn Luca kratzte sich verwirrt am Kopf. »Warte mal kurz … äh … Ich bin Luca und wohne in der Kaiserstraße 17 … nein, 18.« Er starrte Orpheus an. »Danke, dass du mich gerettet hast. Das war echt nett von dir, äh …«

Orpheus wartete, aber es kam nichts mehr. Hatte Luca etwa seinen Namen vergessen? Das konnte nicht sein. Sie kannten sich vom Schulhof und trafen sich außerdem oft beim Waldspielplatz.

Orpheus und Marvin waren sich einig, was Luca anging: Sie konnten ihn nicht leiden. Er gehörte zu den Typen

mit großer Klappe, die dauernd erzählten, wie toll sie waren. Wenn Luca ein Tor geschossen hatte, war es ein Megator. Wenn er auf dem Schulweg einen kläffenden Köter in die Flucht geschlagen hatte, war es ein gefährlicher Kampfhund gewesen. Wenn er in den Ferien ans Meer gefahren war, hatte er dort mit Delfinen getaucht und im Urwald giftige Schlangen erlegt.
Aber der tolle Luca konnte sich tatsächlich nicht an seinen Namen erinnern. »Ich bin Orpheus«, half er ihm auf die Sprünge.
»Hab ich noch nie gehört«, sagte Luca unbefangen, »aber klingt lustig.«
Orpheus machte einen Test. »Was hast du zu deinem letzten Geburtstag bekommen?«
»Keine Ahnung.« Jetzt wurde auch Luca allmählich klar, dass er ein Problem hatte. »Hä, warum weiß ich das nicht mehr?«
»Könnte mit deinem Sturz zu tun haben«, vermutete Orpheus. »Du bist dabei ziemlich hart auf den Kopf geknallt.«
Langsam machte er sich echt Sorgen. Es sah ganz danach aus, als ob Luca sein Gedächtnis verloren hatte. Oder zumindest einen Teil davon. »Komm«, sagte er so ruhig wie möglich. »Wir gehen zu mir. Ich wohne gleich um die Ecke.«
Luca ging ohne Protest mit und setzte sich mit Orpheus

ins Wartezimmer, während Orpheus' Mama seine Eltern anrief. Die kamen so schnell wie die Feuerwehr.
Lucas Vater war völlig durch den Wind. »Hoffentlich ist es keine Gehirnerschütterung! Wir müssen sofort ins Krankenhaus.«
Seine Mutter weinte, während sie Luca ins Auto half.
Mama und Papa taten das, was sie besonders gut können, sie trösteten Lucas Eltern. »Es wird alles gut werden«, sagte Mama mit ihrer zuversichtlichen Stimme.
»Und um das Fahrrad kümmern wir uns«, versicherte Papa.
»Gute Besserung!«, wünschte Orpheus und machte die Autotür zu.
Der Wagen brauste davon. Orpheus starrte ihm noch nach, als er schon längst um die Ecke verschwunden war. Plötzlich wurde ihm flau im Magen.
Er fuhr auch manchmal zu schnell Fahrrad. Er hätte auch stürzen und sein Gedächtnis verlieren können – zack! – von einer Sekunde zur nächsten. Orpheus wollte den Gedanken gar nicht zu Ende denken, so schrecklich war der. Er wünschte Luca wirklich alles Gute, obwohl er ihn nicht besonders toll fand.
Dann ging er mit Mama und Papa zu der Stelle, wo der Unfall passiert war. Auf der Straße lagen rote Plastikteile. Das Rücklicht von Lucas Fahrrad war zerbrochen. Papa holte einen Besen und fegte sie zusammen.

Mama hob Lucas Tasche auf. »Da klebt Taubendreck dran. Die stecke ich am besten in die Waschmaschine.«
Orpheus musste auch irgendwas tun. Er hängte den Korb mit dem Eis an Lucas Fahrradlenker und schleppte das Rad dann in den Innenhof. Der Hinterreifen war total verbogen, er sah aus wie eine Geschenkschleife.

Drei Tage später traf Orpheus Luca nachmittags auf dem Waldspielplatz wieder. Bis auf ein paar blaue Flecken sah er gut aus. Orpheus war so froh, dass er ihn beinahe umarmt hätte. Das machte er dann doch nicht, sondern fragte nur: »Hey, wie geht's dir?«
»Super«, sagte Luca. »Die haben mich zwei Tage im Krankenhaus festgehalten, aber dann durfte ich nach Hause. Ich hab nur eine leichte Gehirnerschütterung. Morgen darf ich wieder in die Schule.«
Orpheus grinste. »Mein herzliches Beileid!« Dann tippte er sich mit der Hand an den Kopf. »Und da oben, auch wieder alles in Ordnung?«
»Ich glaub schon.« Luca machte ein nachdenkliches Gesicht. »Sag mal, kann ich kurz mit dir reden – unter vier Augen? Ich spendier dir auch eine Apfelschorle.«
Orpheus nickte erstaunt. Luca ging mit ihm zum Kiosk vom Waldgasthof und kaufte zwei eisgekühlte Flaschen. So was hätte er früher nie gemacht. Orpheus fragte sich, ob Luca wirklich ganz gesund war.

Sie liefen zum Klettergerüst und lehnten sich gegen die roten Schnüre.

»Ich brauche deine Hilfe«, fing Luca an. »Du bist doch Detektiv, stimmt's?«

Jetzt war Orpheus platt. War er schon so berühmt, dass jeder seine Geheimmission kannte?

Luca klärte ihn auf. »Ich weiß es von Fritzi, die ist mit meiner kleinen Schwester befreundet. Sie hat total von dir geschwärmt. Dass du ein echt guter Detektiv sein sollst und so weiter.«

»Na, wenn sie das behauptet …« Orpheus tat, als sei das keine große Sache, obwohl er sich riesig über das Lob freute.

»Ich hab einen Fall für dich!«, platzte Luca endlich heraus.

»Okay.« Orpheus schraubte die Flasche auf und trank erst mal von seiner Apfelschorle. Schließlich war er Profi. »Worum geht es?«, fragte er dann.

Luca holte tief Luft. »Es ist verzwickt. Mein Gedächtnis ist im Großen und Ganzen wieder in Ordnung, aber es gibt da eine Sache, an die kann ich mich nicht richtig erinnern, aus der werde ich nicht schlau.« Er pulte am Etikett seiner Flasche. »Da hab ich nur zwei merkwürdige Bilder im Kopf, die immer wiederkommen, wie ein Traum, nur am helllichten Tag.«

»Erzähl mir davon.« Orpheus zog seinen Notizblock

aus der Hosentasche. Den hatte er wirklich immer dabei.
»Also, das Ganze kann nicht lange her sein, vielleicht eine Woche. Ich bin alleine auf dem Bolzplatz neben dem Waldspielplatz und kicke so vor mich hin. Plötzlich tauchen Ben und Hannes auf und fangen mit mir Streit an. Ich hab keine Ahnung, warum. Sie wollen unbedingt raufen, aber ich wehre mich mit ein paar total genialen Karategriffen. Ben und Hannes räumen das Feld und hauen ab.«
Orpheus schrieb alles mit, nur die »genialen Karategriffe« ließ er weg. Da hatte Luca bestimmt wieder viel zu dick aufgetragen. »Und was siehst du beim zweiten Bild?«
Lucas Gesicht verdüsterte sich. »Du kennst doch das tolle Baumhaus hier im Wald?« Als Orpheus nickte, redete er schnell weiter: »Das haben Ben und Hannes kaputt gemacht. Diese Idioten haben Löcher in den Boden gesägt, die Leiter geklaut und mit roter Farbe ›Rache‹ auf den Baumstamm gemalt.«
»Du siehst die beiden ganz deutlich vor dir?«, fragte Orpheus sicherheitshalber nach.
Luca presste sich die kühle Flasche an die heiße Wange. »Nicht direkt. Eigentlich nur das kaputte Baumhaus. Aber ich bin mir hundertprozentig sicher, dass sie es waren. Sie wollten sich rächen, weil ich sie beim Raufen besiegt hab.«

»Klingt logisch«, bemerkte Orpheus. »Aber dir fehlen die Beweise, oder? Und deswegen brauchst du mich?«
Luca nickte. »Übernimmst du den Fall? Das ist total wichtig für mich. Ich will mich endlich wieder an alles erinnern können. Sonst fühle ich mich wie ein Eimer mit einem Loch drin, wo immer das Wasser durchläuft.«
»Kann ich gut verstehen«, sagte Orpheus. Er steckte seinen Notizblock ein und klemmte sich die leere Flasche unter den Arm. »Klar übernehme ich den Fall. Sobald ich was rausgefunden habe, hörst du von mir.«
Luca strahlte ihn an, als ob er der Weihnachtsmann höchstpersönlich wäre. Orpheus war das fast schon unangenehm. Noch hatte er ja nichts getan.
Aber das würde sich ändern!

Als Erstes ging Orpheus zum Tatort. Im dichten Laubwald hinter dem Spielplatz war es angenehm kühl. Bis hierher war die Hitze noch nicht vorgedrungen.
Orpheus hatte mit einigem gerechnet, aber die Verwüstung war noch schlimmer als erwartet. Die Täter hatten nicht nur Löcher in den Boden des Baumhauses gesägt, sondern auch Teile der Seitenwände herausgebrochen. Über den Waldboden verstreut lagen zersplitterte Holzteile und Nägel. Bis jetzt hatte anscheinend keiner außer Luca den Schaden entdeckt, sonst wäre hier schon längst aufgeräumt worden.

Orpheus machte mehrere Fotos mit seinem Handy. Dann ging er näher an den Baumstamm ran. Das Wort »Rache« war mit Großbuchstaben auf Augenhöhe in die Furchen der Eichenrinde geschmiert worden. Der Schreiber musste es eilig gehabt haben: Beim Buchstaben »e« war die Farbe bis zu den Wurzeln der Eiche heruntergetropft. Sie war völlig eingetrocknet. Luca lag vermutlich richtig mit seiner Schätzung. Die Tat musste ungefähr eine Woche her sein.

Orpheus fotografierte auch die Schrift mehrmals. Dann kniete er sich hin und untersuchte mit seiner Lupe den Waldboden. Plötzlich kitzelte es in seinen Sandalen.

Orpheus stöhnte. »Sagt mal, ihr blöden Ameisen: Warum müsst ihr ausgerechnet hier euren Hügel bauen?«

Die Ameisen krabbelten fröhlich an seinen nackten Beinen hoch. Orpheus fegte ein paar von den Krabbeltieren weg und versuchte sich wieder auf seine Arbeit zu konzentrieren.

Wenig später entdeckte er einen großen, dicken Farbklecks auf den vertrockneten Eichenblättern vom letzten Herbst. Der Farbklecks hatte ein seltsames Muster. Als Orpheus es unter der Lupe betrachtete, stellte sich das Muster als Abdruck einer Schuhsohle heraus.

Orpheus bekam rote Ohren vor Aufregung. Der Schuhabdruck musste von einem der Täter stammen! Er war leider nicht komplett. Es fehlte der Absatz, aber die Ril-

len im vorderen Bereich konnte man gut erkennen. Sie stammten von einem Sportschuh. Orpheus hielt seinen eigenen Fuß daneben. Der Schuhe des Täters war etwa zwei Nummern größer. Das würde perfekt zu Hannes oder Ben passen, die ein Jahr älter waren als er.
Vorsichtig hob Orpheus den dicken Farbklecks samt Eichenblättern vom Boden auf. Er war erstaunlich fest und stabil. Den konnte er sogar mitnehmen und musste nicht mal einen umständlichen Gipsabdruck machen. Orpheus ließ den Farbklecks behutsam in eine Plastiktüte gleiten und verstaute ihn in seinem Rucksack.
Die Ameisen waren inzwischen bis zu seinem Oberkörper hochgeklettert und krabbelten in den Kragen seines Shirts hinein.
»Jetzt reicht's!«, rief Orpheus. Er sprang auf und hüpfte wild herum, um die lästigen Tiere abzuschütteln. »Geht wieder heim in euren Ameisenhügel.«
Nur einige wenige verstanden die Aufforderung. Die meisten begleiteten Orpheus hartnäckig auf dem ganzen Heimweg, wo er sie erst unter der Dusche loswurde.
Orpheus trank ein Glas Milch, schmierte sich ein Butterbrot und schaute auf seine Uhr. Als es so weit war, düste er mit dem Rad zum Waldspielplatz. Luca hatte ihm erzählt, dass Ben und Hannes dort meistens gegen fünf Uhr aufkreuzten, um über das große Seil zu balancieren.
Orpheus war zum richtigen Zeitpunkt an der richti-

gen Stelle. Von den Tatverdächtigen fehlte jedoch jede Spur. »Hat jemand von euch Ben und Hannes gesehen?«, fragte er zwei Mädchen.

Die Jüngere der beiden nickte. »Ja, die wollten in den Tischtennis-Keller vom Waldgasthof.«

Orpheus war noch nie dort unten gewesen. Er mochte kein Tischtennis und Keller noch weniger. Die waren ihm zu düster und kalt. Aber jetzt half alles nichts. Als Detektiv musste man manchmal auch Opfer bringen.

Er ging rüber zum Waldgasthof und stieg leise die Kellertreppe hinunter. Es gab nur eine kleine Lampe, die ein schummriges Licht verbreitete. Der Heizkessel brummte. Es roch nach Bier und feuchtem Mauerwerk. Von unten hörte er leise Stimmen. Sein Puls beschleunigte sich. Auf Zehenspitzen schlich er weiter.

Die Tür zum Tischtennis-Keller stand einen Spalt weit offen. Orpheus pirschte sich heran und lugte hinein.

An der Wand hinter der Tischtennisplatte stand ein hoher Schrank. Bens Kopf war im Inneren verschwunden, während Hannes ungeduldig auf den Rücken seines Freundes starrte.

»Und, hast du sie?«, wollte er wissen.

Ben tauchte wieder auf. »Ja!« Er hielt ein Paar dunkelblaue Sportschuhe hoch und ließ sie an den Schnürsenkeln hin und her baumeln. Die Sohle des linken Schuhs leuchtete wie eine rote Ampel.

Orpheus stürmte den Raum. »Jetzt hab ich euch erwischt! Die Schuhe sind der Beweis. Wem gehören sie? Dir, Ben, oder dir, Hannes? Gebt es besser gleich zu, Widerstand ist zwecklos!«

Die beiden Jungs sahen ihn an, als ob er vom Mars käme.

Ben spielte den Unschuldigen. »Was soll das? Wovon redest du?«

»Was willst du überhaupt hier?«, fragte Hannes. Er kam auf Orpheus zu und baute sich mit seiner vollen Körpergröße vor ihm auf.

Orpheus ließ sich nicht einschüchtern. »Ich bin Detektiv O. und löse gerade einen Fall. Jemand hat das Baumhaus zerstört und mit roter Farbe beschmiert. Ich habe am Tatort einen Fußabdruck gefunden.« Er holte die Tüte aus seinem Rucksack. »Hier, das ist er. Ich wette, der passt zu dem Schuh mit dem roten Klecks auf der Sohle!«

Ben und Hannes tauschten einen verschwörerischen Blick. Dann lachte Hannes. »Du bist auf der falschen Spur, Kleiner.«

Ben nickte. »Völlig falsch. Und du willst ein Detektiv sein?«

Jetzt lachten sie beide.

Und plötzlich ging alles ganz schnell. Hannes schubste Orpheus mit dem Ellbogen zur Seite und flitzte zur Tür. Ben rannte mit den Schuhen in der Hand hinterher, doch er blieb mit den Schnürsenkeln an der Ecke der Tischtennisplatte hängen. Als er merkte, dass er die Schuhe nicht gleich befreien konnte, ließ er sie mit einem Fluch los und haute ab.

»Stopp! Bleibt sofort stehen!«, brüllte Orpheus den Jungs nach.

Ben und Hannes dachten natürlich nicht daran. Schon klappte oben die Kellertür auf und zu. Erst wollte Orpheus den beiden nachlaufen, aber dann überlegte er es sich anders. Es gab Wichtigeres zu tun.

Orpheus' Herz klopfte schneller, als er den linken Sportschuh vom Boden aufhob, ihn umdrehte und den Abdruck anlegte. Rille für Rille schmiegte sich das Profil des Schuhs in die Vertiefungen im Farbklecks. Es passte haargenau. Das waren die Schuhe des Täters! Mit denen konnte er jederzeit beweisen, dass Ben oder Hannes das Baumhaus kaputt gemacht hatten. Früher oder später würde er sie kriegen.

Das musste er Luca erzählen, der würde Augen machen! Orpheus verstaute die Beweise sorgfältig in seinem Ruck-

sack und radelte zu Luca nach Hause. Dort klingelte er Sturm.
Luca machte auf. Er hatte einen Tomatenrand über der Oberlippe. »Was ist denn los? Wir essen gerade zu Abend.«
Orpheus packte ihn am Arm. »Du kannst später weiter-essen. Ich muss dir was Wichtiges zeigen.« Sie gingen in Lucas Zimmer. Dort packte Orpheus seine Beweise aus und erzählte, was er mit Ben und Hannes im Tischtennis-Keller erlebt hatte.
Luca starrte abwechselnd auf Orpheus' Mund und auf die Sportschuhe.
»Und, was sagst du?«, rief Orpheus am Schluss gespannt.
Luca nickte mehrfach hintereinander. »Das ist toll, ganz toll …« Seine Worte klangen irgendwie lahm.
Orpheus war enttäuscht. »Freust du dich gar nicht? Jetzt müssen wir die beiden nur noch abpassen. Am besten machen wir das zu zweit, dann können sie nicht noch mal wegrennen.«
Luca zögerte. »Ich weiß nicht, ob das so eine gute Idee ist …«
»Warum denn nicht?« Orpheus verstand nicht, was auf einmal mit Luca los war.
»Es ist nur, weil …« Lucas Augen wurden ganz schmal. Er druckste herum.

Und auf einmal begriff Orpheus. »Du hast Angst.«
Der Delfintaucher, Schlangenbezwinger und Karatekämpfer Luca war plötzlich so klein mit Hut. Eigentlich hätte Orpheus jetzt sauer auf ihn sein müssen, aber er war nur überrascht. »Ist kein Problem. Dann werde ich das morgen alleine durchziehen. Ich ruf dich an.«
»Danke«, sagte Luca so leise, dass man es kaum hören konnte.
Orpheus klopfte ihm auf den Rücken. »Es wird alles gut! Tschüss.«

Als er zu Hause ankam, knurrte sein Magen. Gleichzeitig wurde er mit einem Schlag so hundemüde, dass er beim Abendessen kaum etwas hinunterbrachte. Kein Wunder, er war ja auch den ganzen Nachmittag im Einsatz gewesen. Gähnend stand er auf und sagte seinen Eltern Gute Nacht.
Er putzte seine Zähne, schlüpfte in den Schlafanzug und ging barfuß in sein Zimmer. Der Wecker stand auf dem Schreibtisch. Als Orpheus ihn sich holen wollte, entdeckte er daneben Lucas Tasche, die er ihm längst hätte vorbeibringen sollen. Das hatte er total vergessen. Aber Luca hatte auch nicht danach gefragt. Merkwürdig.
Normalerweise wühlte Orpheus nicht in fremden Sachen. So was machte man einfach nicht. Aber irgendeine Stimme in seinem Innern flüsterte ihm zu, es diesmal

doch zu tun. Neugierig schaute er hinein. Da waren eine Packung Papiertaschentücher, ein Buch über Giftschlangen und ein paar schmutzige Socken. Dann spürte er, dass in einem Extrafach mit Reißverschluss etwas knisterte. Er öffnete es und zog ein mehrfach gefaltetes Blatt Papier heraus. Nach kurzem Zögern klappte er es auseinander. Es war ein Brief – oder vielmehr der Entwurf für einen Brief.

Hallo Ben und Hannes!
~~Ich hasse Euch~~!!! Damit Ihr es bloß
wisst: das Baumhaus ist für alle
da! Ihr dürft ~~euch nicht mit~~
~~euren Hintern dort breit machen~~
es nicht einfach besetzen und mich
nicht mitspielen lassen. Das geht
nicht. Wenn Ihr mir morgen
wieder die Leiter wegzieht, könnt
Ihr was erleben. Meine Rache wird
Euch nicht gefallen, so viel ist schon
mal klar! ~~Tssssss! Giftschlangen~~
~~slangen oder was ganz anderes. Ich~~
~~überlege noch~~.
Mit besten Hass-Grüßen Luca

Orpheus glaubte erst, dass er sich verlesen hatte.
Was sollte *das* denn???
Dieser Brief warf seine kompletten bisherigen Ermittlungen über den Haufen! Was war wirklich auf dem Bolzplatz und beim Baumhaus passiert? Wer war hier der Täter? Und wer das Opfer? Sah die Wahrheit in Wirklichkeit ganz anders aus, als er geglaubt hatte?
Orpheus betrachtete den Briefentwurf. Er war in Lucas Tasche gewesen. Hatten Ben und Hannes ihn dort hineingeschmuggelt? Das war theoretisch möglich, aber doch sehr unwahrscheinlich. Viel wahrscheinlicher war, dass Luca den Brief tatsächlich selbst aufgesetzt, ihn verbessert und noch mal ins Reine geschrieben hatte. Und ihn dann an Ben und Hannes verschickt hatte.
Plötzlich fiel Orpheus etwas ein. Er legte den Briefentwurf auf den Schreibtisch und schnappte sich seinen Rucksack. Er wollte sich die Schuhe noch mal genauer ansehen! Die Sohle kannte er ja schon. Jetzt überprüfte er das Innenfutter. Es war weiß und noch ziemlich neu. Hinten an der Ferse hatte jemand mit Kugelschreiber den Namen des Besitzers reingeschrieben:
Luca.
Jetzt gab es keinen Zweifel mehr. Luca war der Schuldige! Nicht Ben und Hannes, sondern er hatte das Baumhaus zerstört.
Am liebsten hätte Orpheus sich sofort wieder angezo-

gen und wäre zu Luca gefahren, aber es war zu spät. Er musste bis morgen warten.
Orpheus legte sich ins Bett und machte die Augen zu. Sofort gingen sie wie von selbst wieder auf. Auf einmal war er hellwach. Was für ein Tag! Rastlos wälzte er sich von einer Seite auf die andere. Zwei Stunden später fiel er endlich in einen unruhigen Schlaf und träumte wirres Zeug.

Orpheus saß auf Lucas Fahrrad und raste eine steile Straße hinunter. Das konnte nicht gut gehen. »Hilfe!«, rief Orpheus, aber keiner war da. Niemand rettete ihn.
Orpheus wurde über den Lenker geschleudert. Er machte die Augen zu und wartete auf den Aufprall und den Schmerz – aber der kam nicht. Stattdessen spürte er kühlen Wind im Gesicht. Er konnte fliegen!
Orpheus lachte. Er breitete die Arme aus, genoss, wie sich das anfühlte, steuerte nach rechts und nach links und flog im Kreis herum. Dann wurde er von einer unsichtbaren magischen Kraft zu einem dunklen Wald hingezogen. Orpheus flog mitten hinein. Aber so dunkel war es hier gar nicht. Dort drüben lichteten sich die Bäume. Und da stand ja das Baumhaus. Es sah aus wie neu.
Orpheus landete und setzte sich auf das warme Holz. Die Sonne schien. Weiße Wolken tanzten über den blauen Himmel. Trotzdem hatte er eine Riesenwut im Bauch. Er wusste, dass er Ka-

rate konnte. Mit bloßen Händen schlug er das Baumhaus kurz und klein. Danach schossen ihm Tränen in die Augen. Was hatte er bloß getan???

Schweißgebadet wachte Orpheus auf. Das war der schlimmste Albtraum, den er je gehabt hatte! Zum Glück war das alles nicht wirklich passiert.
Auf dem Nachttisch legte sein Wecker los. Orpheus schaltete ihn aus und sprang aus dem Bett. Wenn er sich die morgendliche Dusche sparte, das Frühstück ausließ und sich eine Banane mitnahm, konnte er es schaffen, vor der Schule noch bei Luca vorbeizuschauen. Orpheus legte einen Extrazahn zu.
Luca kam ihm auf halber Strecke zu Fuß mit dem Schulranzen entgegen. Orpheus bremste, sprang vom Rad und schob es neben ihm her. »Wir müssen reden.«
»Hmm …«, machte Luca und lief mit gesenktem Kopf weiter.
Orpheus erzählte ihm von dem Briefentwurf und dem Namen im Sportschuh und was das alles bedeutete. Luca hörte schweigend zu.
»Jetzt sag doch endlich was!«, drängte Orpheus.
In Zeitlupe hob Luca den Kopf und sah Orpheus verzweifelt an. »Ich weiß es seit gestern, seit du mir die Schuhe gezeigt hast. Plötzlich kann ich mich wieder an alles erinnern. Die Bilder in meinem Kopf, die waren durcheinan-

der. Erst ist nämlich das mit dem Baumhaus passiert. Ich war so wütend auf Ben und Hannes. Sie wollten mich einfach nicht mitspielen lassen. Einen Angeber brauchen wir nicht, haben sie behauptet. Dreimal hab ich es versucht und dreimal haben sie Nein gesagt. Da hab ich den Brief an sie geschrieben. Und weil es nichts genützt hat, hab ich das Baumhaus zerstört.«

Orpheus blieb stehen. »Mann, Mann! Da musst du ja richtig sauer gewesen sein. Lass mich raten: Kurz danach sind Ben und Hannes auf dem Bolzplatz aufgetaucht und haben Streit mit dir angefangen.«

Luca strich sich eine Ponyfranse aus der Stirn. Über der rechten Augenbraue wurde eine kleine Narbe sichtbar. »Das ist von der Rauferei. Ben und Hannes haben gewonnen, nicht ich.« Luca wurde rot. »Ich … äh … kann nämlich gar kein Karate.«

Orpheus sparte sich den Satz »Hab ich mir fast schon gedacht«. Luca ging es schon schlecht genug.

»Nach dem Streit hatte ich Angst«, gestand Luca. »Ben und Hannes haben mir gedroht, dass sie mich verpfeifen, sobald sie beweisen können, dass ich es getan habe.«

Orpheus nickte. »Und jetzt haben sie deine Sportschuhe im Kellerschrank entdeckt, wo du sie versteckt hattest …«

»Genau«, sagte Luca leise. »Den Rest hast du ja selbst herausgefunden.«

Schweigend gingen sie weiter und fanden sich auf einmal vor dem Schultor wieder.
»Und was machen wir jetzt?«, fragte Orpheus. Eigentlich wäre das der Moment gewesen, mit Luca zur Polizei zu gehen oder zum Waldspielplatz-Verein, dem auch das Baumhaus gehörte. Es wäre der Moment gewesen, um reinen Tisch zu machen und die Wahrheit ans Licht zu bringen.
»Das habe ich mir gestern Abend schon überlegt. Und ich hab da eine Idee«, sagte Luca. Er zog die Augenbrauen zusammen. Dann fragte er unvermittelt: »Hast du am Wochenende Zeit?«
»Ja, wieso?«, wollte Orpheus wissen.
»Ich werde das Baumhaus wieder aufbauen. Mein Papa hat mir versprochen, dass er heute neue Bretter besorgt. Der kommt auch mit. Hast du vielleicht Lust, uns zu helfen?«
Orpheus lachte. »Klar!«

Rockmusik

Nur noch zwei Schultage bis zu den Sommerferien. Detektiv O. hat in letzter Zeit ganz schön viele Fälle gelöst. Das war echt anstrengend. Er findet, dass er sich eine kleine Pause verdient hat. Schließlich macht auch James Bond ab und zu Urlaub. Doch kaum hat Orpheus sein Detektivbüro zugesperrt, passiert es: Er wird schon wieder gebraucht, und zwar dringender denn je. Dieser Fall ist so aufregend, den muss Detektiv O. einfach lösen!

Orpheus machte ausnahmsweise mal gar nichts. Er lag in einem Liegestuhl zu Hause im Innenhof und ließ seinen Bauch von der Sonne bescheinen. Durch die Sonnenbrille rückte die Welt um ihn herum weit weg. Er hörte das leise Plätschern des Brunnens, hörte die Vögel zwitschern und das Flattern der Wäsche auf der Leine. Plötzlich fiel ein Schatten auf sein Gesicht.

Orpheus nahm die Sonnenbrille ab. Ein Mann beugte sich über ihn. Er trug einen schwarzen Anzug, eine dunkelgrüne Krawatte und ein farblich passendes Einstecktuch.

»Was soll das? Wer sind Sie?«, fragte Orpheus.
Der Mann richtete sich schnell auf. »Tut mir leid, ich wollte dich nicht erschrecken. Ich suche Frau Schade, die Besitzerin des Beerdigungsinstituts Schade. Weißt du zufällig, wo ich sie finden kann?«
»Ja, das weiß ich.« Orpheus ließ sich Zeit mit einer genaueren Auskunft und musterte den Mann misstrauisch.
Er war etwa fünfzig und hatte ein rundes Gesicht. Auch sein Körper war ziemlich rund. Neben ihm auf dem Boden stand ein großer schwarzer Koffer. Es schien dem Mann nichts auszumachen, so ausgiebig betrachtet zu werden. Er wartete und lächelte dabei zufrieden.
»Meine Mutter ist in ihrem Büro«, sagte Orpheus schließlich. »Wenn Sie möchten, zeige ich Ihnen den Weg.«
»Danke, das ist sehr nett von dir.« Der Mann hob seinen Koffer hoch, der ziemlich schwer aussah, und folgte Orpheus ins Haus.
Orpheus klopfte an der Bürotür. Mama saß alleine am Schreibtisch. »Hallo«, sagte er. »Da ist jemand, der dich sprechen will.«
Überrascht blickte Mama von ihrem Aktenordner auf. »Hatten wir einen Termin ausgemacht? Ich kann mich leider gerade nicht erinnern …«
»Ich bin unhöflich, ich überfalle Sie einfach so. Braun ist mein Name, Egon Braun.« Er ging auf Mama zu und

streckte ihr die Hand hin. »Freut mich sehr, Sie kennenzulernen, Frau Schade. Schenken Sie mir ein paar Minuten Ihrer kostbaren Zeit?«
Mama verdrehte die Augen. Der Typ redete wie ein Prinz aus dem Märchenland und das gefiel ihr anscheinend gar nicht. »Natürlich gerne«, sagte sie betont höflich. »Setzen Sie sich doch.«
Orpheus verkniff sich ein Lachen. »Ich geh dann mal wieder. Schönen Tag noch«, wünschte er.
Herr Braun drehte sich zu ihm um. »Du kannst gerne bleiben. Wie heißt du eigentlich? – Wie? Orpheus? Was für ein schöner Name! Also, Orpheus, was ich dabeihabe, könnte dich auch interessieren.« Er zwinkerte ihm geheimnisvoll zu.
Orpheus wurde neugierig. Für Geheimnisse war er immer zu haben. »Gut, dann bleibe ich.« Er setzte sich neben Herrn Braun auf einen der Besucherstühle vor dem Schreibtisch.
»Wie kann ich Ihnen helfen?«, begann Mama das Gespräch. »Sie sind hergekommen, weil Sie einen geliebten Menschen verloren haben?«
Herr Braun legte theatralisch eine Hand auf sein Herz. »Nein, nein. Dieses schlimme Schicksal hat mich zum Glück noch nicht ereilt. Ich bin aus einem ganz anderen Grund hier. Vielleicht kann ich *Ihnen* helfen.«
»Wie das?« Auf Mamas Stirn erschien eine misstrauische

Falte. »Sie sind doch nicht etwa Vertreter und wollen mir was verkaufen?«

»Vertreter!«, rief Herr Braun entrüstet. »Was für ein hässliches Wort für meine wunderbare Tätigkeit: Ich beglücke Beerdigungsinstitute mit meiner Erfindung.«

Mama hatte jetzt sichtlich Mühe, höflich zu bleiben. »Tut mir leid, aber wir haben seit Jahren unsere festen Lieferanten und …«

»Bitte!«, unterbrach sie Herr Braun. »Geben Sie mir eine Minute, um Sie zu überzeugen! Nur eine klitzekleine Minute.«

Mama seufzte. »Na schön.«

Herr Braun stand auf und stellte seinen schwarzen Koffer in die Mitte des Zimmers. Dann verkündete er feierlich: »Jetzt kommt etwas, das Sie noch nie zuvor gesehen haben: ein Sarg, groß genug für einen erwachsenen Menschen, aber auch klein genug, dass er in diesen Koffer hier passt!«

Orpheus und Mama wechselten einen ungläubigen Blick.

Herr Braun beugte sich über den Koffer. Er öffnete ihn und holte eine schwarze Pappschachtel heraus. »Taraaa!« Mit ein paar geschickten Handgriffen klappte er die Schachtel mehrfach auf, bis schließlich ein Sarg daraus geworden war, genauso groß wie die anderen Särge im Verkaufsraum der Schades.

Orpheus hielt es nicht länger auf seinem Stuhl. Er umrundete den Sarg und pfiff bewundernd durch die Zähne. »Ein Papp-Sarg. Das ist genial! Viel besser als die schweren Teile aus Holz.«
Herr Braun freute sich. »Ganz richtig, Orpheus. Und es hat noch mehr Vorteile: Der Preis ist viel niedriger. Und was wie Pappe aussieht, ist in Wirklichkeit Zellulose. Ein reines Pflanzenprodukt, absolut umweltfreundlich.«

»Sehr beeindruckend«, sagte Mama. »Trotzdem ist das leider nichts für uns. Unsere Kunden bevorzugen die klassischen Modelle aus Holz.«
Herr Braun ließ sich nicht entmutigen. »Das Beste haben Sie noch gar nicht gehört: Sie dürfen den Sarg behalten, völlig unverbindlich! Lassen Sie ihn einfach auf Ihre Kunden wirken, Sie brauchen gar keine Werbung dafür zu machen. Sie werden sehen: Der Sarg wird einschlagen wie der Blitz, er wird bestimmt bald Ihr größter Umsatzbringer!«
Orpheus schaltete sich wieder ein. »Das ist doch cool, Mama! Sag einfach Ja, probieren können wir es doch.«
Herr Braun zwinkerte Orpheus wieder zu. »Siehst du, deshalb wollte ich, dass du hierbleibst! Kinder können am besten beurteilen, ob eine neue Erfindung was taugt oder nicht.«
»Gut«, lenkte Mama schließlich ein. »Aber ich möchte, dass wir einen Vertrag aufsetzen und das Ganze schriftlich regeln.«
»Selbstverständlich!« Herr Braun zog ein dicht beschriebenes Papier aus seiner Tasche.
Orpheus schob inzwischen den Sarg einmal quer durchs Büro. Er rutschte so problemlos übers Parkett wie ein Schlitten auf weichem Pulverschnee. Das machte richtig Spaß.
Als Mama und Herr Braun anfingen über den Vertrag

zu reden, verabschiedete sich Orpheus. Das wurde ihm dann doch zu langweilig.

In den nächsten zwei Tagen dachte Orpheus nicht mehr groß an den Zellulose-Sarg, denn es gab Wichtigeres: Das Schulfest wurde gefeiert und die Zeugnisse verteilt. Und dann begannen die Sommerferien!

Orpheus legte sich am ersten Tag gleich nach dem Mittagessen wieder in den Liegestuhl und machte die Augen zu. Er hörte das leise Plätschern des Brunnens, hörte die Vögel zwitschern und das Flattern der Wäsche auf der Leine.

Und auf einmal hörte er laute Musik. Sehr laute Musik. Dröhnende Bässe, schepperndes Schlagzeug und die heisere Stimme eines Rocksängers. Die Band kannte er. Sie war richtig gut. Orpheus lauschte mit geschlossenen Augen, dabei wippte er mit den nackten Füßen im Takt mit – bis jemand auf seine Schulter klopfte. Erschrocken riss er die Augen auf. War Herr Braun wieder da?

Aber neben ihm stand nicht der Vertreter, sondern sein Papa. Und der war richtig wütend. »Was soll das?«, fragte er laut, um die Musik zu übertönen.

Orpheus blinzelte ihn verwirrt an. »Was meinst du?«

In dem Moment brach das Lied abrupt ab. Man hörte wieder das Vogelgezwitscher. Papa redete viel zu laut

weiter: »Diese Rockmusik! Gib's zu, du hast deinen Musik-Player irgendwo bei uns im Büro versteckt.«
Jetzt wurde Orpheus auch wütend. Man verdächtigte doch nicht einfach unschuldige Menschen! »Ich hab gar nichts getan«, verteidigte er sich.
Papa wollte ihm nicht glauben. »Hat das was mit diesen Zetteln im Wartezimmer zu tun? Lüg mich nicht an! Die Musik kam irgendwo aus unseren Räumen. Wir hatten aber kein Radio an, und außer Mama und mir ist niemand im Büro. Zum Glück! Stell dir vor, wir hätten trauernde Kunden dagehabt. Eine Katastrophe!«
»Ich war es nicht!«, wiederholte Orpheus genervt. »Und mit den Zetteln hat das überhaupt nichts zu tun.«
Endlich hatte Papa es kapiert. Er fuhr sich mit der Hand nervös durch die Haare. »Entschuldige, aber dieser Krach hat mich total aus dem Konzept gebracht. So was passiert hoffentlich nie wieder.«

Aber es passierte wieder, und zwar schon am nächsten Tag. Diesmal blieb Orpheus nicht ruhig in seinem Liegestuhl sitzen, als die laute Rockmusik losdröhnte. Stattdessen sprang er auf und sah sich um, denn er spürte ein bekanntes Kribbeln im Bauch. Vielleicht wartete ja hier ein neuer Fall auf Detektiv O.!
Orpheus lief ins Büro seiner Eltern.
Die hatten gerade Besuch von Kunden. Ein trauerndes

Paar stand fassungslos im Raum. Der Mann hielt sich die Ohren zu und die Frau klammerte sich an ihn.

»Komm, Schatz, wir gehen!«, brüllte der Mann. »An so einem lauten Ort finden wir bestimmt nicht das, was wir für unsere Omi suchen.«

Orpheus' Eltern konnten nicht verhindern, dass die beiden fluchtartig das Beerdigungsinstitut verließen. Kaum waren sie zur Tür raus, verstummten die dröhnenden Bässe. Es war wieder totenstill.

»Ich halte das nicht aus!«, rief Mama verzweifelt. »Woher kommt bloß diese schreckliche Musik?«

»Keine Ahnung.« Papa war genauso hilflos wie sie.

Gut, dass es Detektiv O. gab! Der hatte nämlich ganz genau hingehört. Er hatte gute Ohren und sein Bauchgefühl sagte ihm, dass die Musik aus dem Verkaufsraum kam. Er ging hinüber und sah sich um.

Vier Särge standen an der rechten Wand, vier an der linken. In der Mitte gab es ein Regal mit verschiedenen Urnen. Zwischen eine blaue und eine silbern glänzende Urne war ein schwarzer Karton gequetscht.

»Mama!«, rief Orpheus enttäuscht. »Du hast den Zellulose-Sarg ja gar nicht aufgestellt! Wenn er zusammengefaltet ist, kann er doch gar nicht wirken.«

Auf Papas Stirn erschien ein großes Fragezeichen. »Welcher Zellulose-Sarg?«

»Das ist doch jetzt total egal«, fand Mama, die ihm an-

scheinend nichts von dem Besuch des Vertreters erzählt hatte.
»Das ist ganz und gar nicht egal.« Plötzlich hatte Orpheus einen Verdacht.
Er nahm den Zellulose-Sarg aus dem Regal und faltete ihn vorsichtig auseinander. Dann zog er seine Lupe aus der Hosentasche und untersuchte ihn gründlich. »Ich wette, hier ist irgendwo ein Abspielgerät versteckt.« Er war sich so sicher, aber er fand nichts. »Mist!«, schimpfte er. »Das wäre die Lösung gewesen.«
Mama und Papa blickten ihn verständnislos an.
Orpheus musste es ihnen erklären. »Ich dachte, wir hätten den Täter gefunden: Herrn Braun!«
»Wer ist Herr Braun?«, fragte Papa. »Und was ist das da für ein Sarg?«
»Ein Papp-Sarg«, klärte Orpheus ihn auf. »Oder eigentlich ein Zellulose-Sarg, aus Pflanzen.« Dann sah er Mama an. »Herr Braun war doch hier im Verkaufsraum, oder?«
Mama nickte. »Ja, er wollte den Sarg unbedingt selber rübertragen und ist schnell vorausgegangen.«
»Sehr verdächtig!«, sagte Orpheus. »Er hätte locker einen Musik-Player in seinem tollen Sarg verstecken können.«
Papa kratzte sich am Kinn. »Aber warum hätte er das tun sollen? Um uns zu ärgern, einfach so?«
Orpheus seufzte. »Es lohnt sich nicht, darüber nach-

zudenken. Er hat es ja nicht getan. Ich hab mich getäuscht.«
Mama zupfte gedankenverloren einen Faden nach dem anderen aus ihrem Seidenschal. »Ich versteh das alles nicht!«
Orpheus verstand es leider auch nicht. Er gab auf und ging zurück zu seinem Liegestuhl. Detektiv O. brauchte eben doch Urlaub. Aber sosehr er es auch versuchte, er konnte sich einfach nicht entspannen. Also stand er wieder auf, zog sich T-Shirt und Jacke über und lief raus auf die Straße.
Dort fielen ihm auf einen Blick drei Dinge auf:

1. Halteverbotsschilder auf den Kunden-Parkplätzen seiner Eltern
2. ein großes Plakat an der Schaufensterscheibe des Kerzenladens nebenan, auf dem das Beerdigungsunternehmen Lieb damit warb, dass es »in aller Stille« arbeitete
3. ein Mann, der vor dem italienischen Café gegenüber saß, eine Cappuccino-Tasse in der rechten und ein flaches kleines Teil in der linken Hand hielt

Die Gehirndrähte in Orpheus' Kopf liefen heiß. Er starrte auf die drei Dinge und irgendwann machte es »klick«. Er hatte verstanden.

KI DEN
PA LATZ
Beerdig gsinstitut
Beerdigungs
schade
KERZEN
Schein
Inh. Fam. Schein
NEU
Beerdigungen
LIEB
wir arbeiten
in aller Stille

1. Jemand wollte verhindern, dass Kunden zu seinen Eltern ins Beerdigungsinstitut kamen.
2. Dieser Jemand schien genau zu wissen, dass bei Schades laute Rockmusik lief. Sonst würde er nicht demonstrativ mit »in aller Stille« werben.
3. Dieser Jemand war kein anderer als Herr Braun, der mit einer Fernbedienung vor dem Café saß und wahrscheinlich gerade wieder die Rockmusik voll aufdrehte.

Orpheus rannte über die Straße und baute sich vor dem Zellulose-Sarg-Vertreter auf. »Was machen Sie da mit der Fernbedienung?«
Herr Braun lächelte ihn unbefangen an. »Hallo, Orpheus! Schön, dich zu sehen. Wie geht es dir denn?«
»Es geht mir sehr gut, danke. Aber jetzt lenken Sie nicht ab, sondern beantworten Sie sofort meine Frage!«
Herr Braun legte die silberne Fernbedienung vorsichtig auf den runden Bistrotisch. »Weißt du, ich habe vergessen, meine elektrischen Rollläden herunterzulassen, als ich von zu Hause losgefahren bin. Aber mein Architekt hat für solche Fälle vorgesorgt. Er hat mir dieses Spielzeug gegeben. Damit kann ich überall von unterwegs meine Rollos steuern, die Lichtschalter bedienen und sogar die Waschmaschine ausschalten. Ist das nicht großartig?«

»Das ist super!«, sagte Orpheus. »Aber ich glaube Ihnen kein Wort. Mit dieser Fernbedienung wollen Sie die Firma meiner Eltern zerstören! Sie haben irgendwo bei uns einen Musik-Player versteckt, und den können Sie jederzeit anschalten, am liebsten mit Rockmusik, die unsere Kunden natürlich total verschreckt.«

Herr Braun machte leise: »Ts, ts, ts! Das sind aber hässliche Vorwürfe, mein lieber Orpheus. Und völlig aus der Luft gegriffen. Du kannst mir überhaupt nichts beweisen.«

»Doch, das kann ich!«, widersprach Orpheus. Er zeigte auf die Halteverbotsschilder und das Plakat.

Plötzlich wurde Herr Braun unruhig. Er machte eine fahrige Bewegung mit der Hand. Dabei fiel sein Geldbeutel auf den Boden und eine kleine weiße Karte rutschte heraus.

»Darf ich?« Orpheus hob die Karte auf und las laut vor, was darauf stand:

Egon Braun *Beerdigungsunternehmen Lieb* *In aller Stille für Sie da*

Herr Braun fing an zu stammeln: »I… ich kann d… dir alles erklären! Es ist ganz anders, als du denkst.«
»Da bin ich ja mal gespannt.«
»Wir haben schwierige Zeiten heutzutage«, seufzte Herr Braun. »Es gibt einfach zu viele Beerdigungsinstitute in der Stadt. Das war mir nicht klar, als ich mein Unternehmen eröffnet habe …«
Er versuchte es auf die Mitleidstour, doch Orpheus ging nicht darauf ein. »Geben Sie es doch endlich zu! Ihr Institut läuft nicht gut und deshalb versuchen Sie die Kunden meiner Eltern zu verschrecken. Damit sie stattdessen zu Ihnen gehen.«
Herr Braun wand seinen Oberkörper wie eine Schlange. »Das … ist nicht ganz korrekt, aber … na ja, ein bisschen Wahrheit ist schon dabei.«
Orpheus grinste. »Das ist ja interessant! Also: Wo haben Sie den Musik-Player versteckt? In Ihrem schwarzen Sarg war er nicht, das hab ich überprüft. Wir können auch gern die Polizei einschalten und nach dem Player suchen lassen.«
Plötzlich knickte Herr Braun ein. »Bitte nicht! Keine Polizei! Ich verrate es dir: Der Player klebt unter dem Waschbecken gleich neben der Tür. Das war der einzige Ort, wo ich ihn schnell verstecken konnte, bevor deine Mutter kam.«
Orpheus zog sein Handy heraus und wählte die Büro-

nummer seiner Eltern. »Kommt bitte schnell rüber ins italienische Café. Ich hab den Täter gefunden!«

»Was?«, rief Papa. »Wie hast du das bloß so schnell geschafft? Warst du wieder als Superman unterwegs? Oder vielleicht als Detektiv O.?«

Orpheus lachte. »Haha! Das würdest du jetzt gerne wissen! Ich bin in geheimer Mission unterwegs. Mehr wird nicht verraten.«

Nachruf

Verfasst zum zehnten Geburtstag von Detektiv O. von seinem besten Freund Marvin, vorzulesen bei O.s Beerdigung, die hoffentlich erst in hundert Jahren sein wird

Wir trauern um Detektiv O., unseren geliebten Freund, Vater, Großvater und Retter von unglaublich vielen Menschen. Er war der beste Detektiv von allen: mutig, clever, lustig, superleise, freundlich und fast so schnell wie Superman.
Er hat dafür gesorgt, dass es heute deutlich weniger Verbrecher auf unserer Welt gibt. Dafür sind wir ihm sehr dankbar.

Und er hat der Nachwelt die Geschichte seiner ersten Fälle hinterlassen. Ich habe sie für ihn aufgeschrieben, genau wie er sie mir erzählt hat. Beim Brand an unserer Schule war ich sogar live dabei. Alles ist wirklich so passiert, es ist die reine Wahrheit. Vorausgesetzt natürlich, dass es so etwas wie Wahrheit überhaupt gibt …

Aber Orpheus war nicht nur ein begnadeter Detektiv, er hat nebenbei auch noch ein paar andere, ganz entscheidende Dinge verbessert:

- in sämtlichen Schulen das Fach »Detektivarbeit« eingeführt,
- einen singenden Sargwecker gebastelt, der ihn jeden Morgen mit extralauter Rockmusik aufweckte,
- ein Zaubermittel erfunden, das Haare schneller wachsen lässt (er selbst hatte auch noch in hohem Alter volles Haar, das er zu einem Pferdeschwanz zusammenband),
- sich für mehr Gerechtigkeit eingesetzt (gleich viele weiße und rosa Schokolinsen in jeder Tüte!)
- und einen Selbsthilfeverein für alle Kinder gegründet, die Orpheus heißen und nichts mit dem merkwürdigen Typen aus der griechischen Sage zu tun haben wollen. Das Motto des Vereins: Kümmert euch nicht um die Unterwelt. Dreht euch kurz um und geht dann euren eigenen Weg weiter. Ab jetzt zählt der Augenblick!

Lieber Orpheus, wir vermissen dich sehr und werden dich niemals vergessen. Du bleibst als Erinnerung in unseren Herzen.

Hausmeister Franks Zaubertrick: Die springende Münze

Du brauchst für diesen Trick:

- eine leere Flasche
- eine Münze, die genau auf den Flaschenhals passt
- einen Kühlschrank

So geht der Trick:

Lege die Flasche etwa 15 Minuten in den Kühlschrank. Danach stellst du sie vor dir auf den Tisch. Lege jetzt das Geldstück auf den Flaschenhals, umfasse mit beiden Händen die Flasche und flüstere einen geheimnisvollen Zauberspruch. Wie von Geisterhand wird sich nun die Münze bewegen und in die Höhe springen.

Wie ist das möglich?

Du hast, bevor du die Flasche auf den Tisch gestellt hast, den Flaschenhals mit Spucke befeuchtet. Wenn du nun die Münze darauflegst, ist die Flasche luftdicht verschlossen. Durch deine warmen Hände erwärmt sich auch die kalte Luft in der Flasche und dehnt sich aus. Die Luft möchte aus der Flasche entweichen. Sie hebt die Münze an.

Die Drachen sind los!

Julia Breitenöder
Drachentage
160 Seiten
Taschenbuch
ISBN 978-3-551-31071-2

Jakob kennt sich richtig gut aus mit Drachen. Das weiß auch das Elfenorakel aus Fangolor. Und weil die Elfen unbedingt einen neuen Drachenmeister brauchen, schicken sie Prinzessin Niferi in die Welt der Menschen, um Jakob zu engagieren. Er soll drei gefährliche Drachen in den Kampf gegen die bösen Zwerge führen. Klar, dass Jakob zusagt! Nur leider sind die Drachen dann doch nicht so gefährlich und haben auch noch herzlich wenig Lust, zu kämpfen – wie soll man da zum Helden werden?

CARLSEN

www.carlsen.de

Ein unsichtbarer Freund

Emily Jenkins
Der unsichtbare Wink, Band 1:
Der unsichtbare Wink
160 Seiten
Taschenbuch
ISBN 978-3-551-31359-1

Es stimmt schon, Hank hat eine blühende Fantasie. Aber was den unsichtbaren kleinen Kerl angeht, der jetzt bei ihm wohnt: Den hat er sich nicht ausgedacht. Der ist echt. Und er heißt Wink. Auf der Suche nach Kürbis ist er in der Eisdiele von Hanks Familie gelandet, die »Der große runde Kürbis« heißt. Doch Wink muss feststellen, dass sie seine Leibspeise dort leider nicht verkaufen. Aber vielleicht kann er Hank dabei helfen, sich gegen den gemeinen Bruno zu wehren. Ein Plan muss her – und der hat mit viel Kürbis zu tun …

CARLSEN

www.carlsen.de

Bei den Quigleys ist immer was los

Simon Mason
Die Quigleys
112 Seiten
Taschenbuch
ISBN 978-3-551-31033-0

Die Quigleys - sieht so eine normale Familie aus? Lucy will auf einer Hochzeit Blumen streuen, aber auf keinen Fall in einem Kleid, sondern in ihrem geliebten Bienenkostüm. Ihr Bruder Will wünscht sich einen Würgadler zu Weihnachten. Papa tanzt im Bademantel Ballett. Und Mama entdeckt, dass sehr, sehr laute Musik der beste Wecker ist.
Die Quigleys muss man einfach mögen. Mal chaotisch, mal verrückt, aber immer zum Kaputtlachen.

CARLSEN

www.carlsen.de